ペロ
ケイン
（真島 景・まじま けい）
ラウゼ
鳥を愛する者
アイウェンディル
ノヴェイラ
ディアーナ

シセリア
エレザリス
シルヴェール
ヴィグリード
ドルコ

「まあ！　ペロペロを許していただけるのですね！　では！」
「──ッ!?」
来る、という予感に俺がのけぞるのと、猫娘がぐわっと迫ってきたのはほぼ同時のことだった。
「って、あぶねえ！　マジでこいつ舐めにきやがった……つーか、さっきのをどうして肯定と受け取れる!?　そもそもなんで俺のデコなんぞペロペロしたいんだ!?」

くたばれスローライフ！ 2

著：古柴
イラスト：かねこしんや

目次

閑話1　ある日、森の中

異世界に飛ばされ、森の中でスローライフを始めてしばらくたったある日のこと。

「ちょっとよいか？」

拠点たるセーフエリアの外に、そのまま宝塚の舞台へ上がっても違和感ないような格好の美人さんがふらっと現れた。

この予期せぬお客さんに――

「ほわっ!?」

俺はびびった。ちびりそうなほどびびった。

想像してみてほしい。

おぞましいクリーチャーが跋扈《ばっこ》する地獄で、目の前にレッサーパンダが現れたとしたら？

いくら愛くるしかろうと、そんなのそいつが一番ヤベえクリーチャーに決まってる。

「私の名はシルヴェール。近くに住む者だ」

美人さんが微笑《ほほえ》みを浮かべるも、俺は警戒を緩めない。

おそらく、彼女は魔女だ。

きっと俺をモグモグするつもりなんだ。

セーフエリア前から声をかけてきたのは、害意を持つが故に入ってこられなかったからだろう。

さては誘い出すつもりか。

ひとまずセーフエリアにいれば安全だろうが、かといって籠《こ》もり続けるわけにもいかない。

いずれは食料が尽き、転移後すぐに訪れたあの悪夢の再来となりかねない。

ここは魔女をあきらめさせるのが得策か。

ならば——

「お、俺は食べても美味《おい》しくないぞ！」

「誰が食うか！」

取り澄ましていた魔女がカッと怒鳴り返してくる。

企《たくら》みを見抜かれ、焦ったか？

「ええい、まったく！　姿を見せるとすぐこれ——って、今の私は人の姿ではないか。どういうことだ……？」

おやっと首を傾《かし》げる魔女。

一方、俺は推測が正しかったことを悟り震えあがる。

やはり魔女、それも変身型。

たぶん長い年月を経て人へ転じたレッサーパンダとかだ。

「俺にはすごい毒がある！　ホントだぞ！　日暮れには肌が七色に光りだす！　危険色だ！」

「だから食べないと言っている！」

「そんなの信用できん！」

「んなぁ!?」

美人にほいほい付いていったら大金を巻き上げられるのが世の摂理。俺の場合は命だ。

せっかく始めたスローライフを、こんなところで終わらせるわけにはいかない！

「くっ……では、どうしたら信じてくれる？」

「そうだな、ここに入ってこられたら……かな？　なにしろここは神さまが用意した安全地帯！　俺に害意があれば入れないのだ！」

「か、神だと……!?」

怯《ひる》む魔女。

これであきらめてくれるか、そう思ったが――

「やれやれ、下手なことをせずにいてよかったよ、本当に……」

てくてくと、魔女はすんなりセーフエリアに入ってきてしまう。

「ほら、入ったぞ」

「あっれー……？」

害意のないことが神の御業《みわざ》をもって証明されてしまった！

「ど、どうしてさっさと入ってこなかったんだ……？」

「いや、ここはお前が生活している場だろう？　ならば礼儀として承諾を得るべきかな、と」

常識的！

異世界人、けっこう常識的！

ちくしょう、なんてこった。これじゃあ俺が文明人の訪問にびびりちらかす発展途上の部族の人みてーじゃねえか！

「さて、これで信用してもらえたわけだな？」

「あ、はい」

「それはよかった。では、まずこちらの話を聞いてもらおう」

と、魔女あらため見目麗しいシルヴェールさんは、訪問の経緯と目的を話し始める。

拝聴してわかったのは、彼女は竜（レッサーパンダではなかったがやはりヤベえ存在）であり、この森は彼女のご一家にとって庭のようなものということだった。

「で、森の様子が変だと確認に来て俺を見つけた、と」

「そういうことだ。なにか知っていれば教えてもらいたいが……それよりも、まずはお前のことをよく知りたい。話してもらえるか？」

「話すのはいいんだけども……」

隠す必要もないため、ひとまず神さまに会ったところからの経緯をかいつまんで説明する。

問題は信じてもらえるかどうかだったが――

「なるほど、神がこの場所へ送ったとあれば、私たちがとやかく言うわけにもいかないな」

心配は杞憂《きゆう》ですんなり納得され、ついでに住み続けることも認めてもらえた。

どうやら俺のような転移者は『使徒』と呼ばれ、一般にもそれなりに知られているらしい。

「事情はわかった。いや、スローライフとやらがいまいちわからなかったが……まあそれはいい」

「え、そこが一番重要なんですけど……」

「見たところ、生活は楽ではないようだな。ふむ、では近所のよしみということで、そのうち必要そうなものを見繕い持ってきてやろう」

やたらスケールの大きいご近所さんであることはさておき、その申し出はありがたかった。

いかんな、俺はこんな親切な竜さんを疑っていたのか。

「ところで、お前は私をなんだと思って怯《おび》えていたのだ？」

「え」

己の迂闊《うかつ》さを恥じていたところ、不意打ちの質問が。

「あー、いや、ほら、こんな森の奥に女性が一人で現れるとか、おかしいなって思ってね」

「それでなんだと思ったのだ？」

「んんー……」

ご、誤魔化《ごまか》せねえ……。

「えっと、その……ま、魔女かなーと」

「魔女ぉ？」

白状したところ、竜さんは困惑ともあきれともつかない反応で眉根を寄せたが、やがて「魔女ねえ……」と呟きつつ忍び笑いを始めた。

「それでお前はあんなわけのわからないデタラメを、か。まあわかった。今は誤解もとけたんだろう？　それともまだ恐れているか？」

「いや、今は親切な竜さんに失礼ぶちかまして、たいへん申し訳なく思ってる感じ」

「ならいい。――いや、よくない。私は『竜さん』ではなくてシルヴェールだ。それと、私はまだお前の名を聞いていないぞ」

「おっと、こらまた失礼。俺は真島景《まじまけい》だ」

「マジマケイ？」

「なにその発音……。マジマケイでなくて真島――いや、じゃあケイで。ケイが名前だから」

「わかった。ケイだな。ではケ、ケイ――ん、んん……」

「いやケインでなくてケイだから」

どこから『ン』が出てきちゃったの。

たった二音の発音、詰まるほどでもないだろうし。

「……もしかして、なんか照れてる？」

「なん!?」

俺の指摘に竜さんは目を白黒させ、そしてむきになった。

「わ、私は照れてなどいない！　ただ……あれだ、ケイは……そう、ケインのほうが響きがいい！だからケイン、お前はケインだ！　私はシルでいいぞ！　よろしくな！」

「えぇぇ……」

有無を言わせぬとはこのことか。

異世界で暮らし始めたある日の森のなか。

俺は親切な竜さんに出会い、いきなりケインと呼ばれるようになった。

第1話　妖精事件

今朝は生憎《あいにく》の雨。

冒険者ギルドへ赴き手持ちの薬草を納品してお小遣いを貰《もら》ってから、ノラとディアの実地研修と銘打たれたピクニックへ出かける予定だった。

でも雨となると、ちょっとお出かけする気にはなれない。

心の友（猫）であるシャカもお出かけしたくなさそうにぐでっている。

となれば、だ。

「はい、というわけで、残念ながら今日予定していた薬草採取は中止とあいなりました」

「「えぇ～っ」」

ノラとディアは声を揃《そろ》えて不満を訴えてくる。

見ればラウくんも静かにぷくーと頬《ほお》を膨らませていた。

「いやね、えぇーって言われても……」

「雨の日にお仕事する練習になる！」

「これくらいの雨ならへっちゃらです！」

「おおぅ」

ふんすふんす、とやる気満々のお嬢ちゃんたち。

素晴らしいモチベーションなのは認めるが――

「雨だと視界は悪いし音も聞こえにくい。要は魔物とか、危険に気づきにくくなるからダーメ」

「「……」」

ああ、ノラとディアもぷくーと膨れてしまった。

「確かに雨の中で活動しなけりゃならない場合もあるだろうが、そういう訓練をするのはまだ早い。だから今日はお休みだ」

ほら、ハメハメハ大王の子供であるハメハメハも雨が降ったら学校休むんだから。

しかしハメハメハ一家、父も母も息子も名前がハメハメハとか怪奇だ。『私もサザ○さんあなたもサザ○さん』くらいの怪奇だ。

まあ怪奇は置いといて――

「さて、となると今日は課題を多めにするか……」

「むー……」

「あうー……」

頭の訓練はお気に召さないのか、溌剌《はつらつ》としていたお嬢ちゃんたちは意気消沈。ほっぺも萎《しぼ》む。

「そんな落ち込まないの。それが終わったらあと自由だから。おやつもあげよう」

「むっ！　頑張る！」

「わ、わたしもがんばります！」

すっかり異世界のお菓子に魅了されている二人は、途端にやる気になった。

そんな二人が勉強する場所は、決まって宿屋の食堂。

大きなテーブルに並んでかじりつき、「むむー」とか「うーん？」とか唸《うな》りながら課題に取り組む。

エレザはそばでそれを見守り、少し離れた位置にはペロを抱えたラウくんが母親のシディアに抱っこされるようにして膝に座り、絵本を読んでもらっている。

主人のグラウは受付で作業をしながら、いつ訪れるかもわからないお客さんを待つ。

森ねこ亭の朝の風景だ。

しかし、数日前からその風景に変化があった。

というのも、俺付きの騎士に任命されたシセリアが宿泊するようになったからだ。

「いきなり団長と父上が来たんです。てっきり私がなにかやらかしたのかとビクビクしていたら、二人は私の腕を、こう、がっちり抱えるようにして強引に連れていったんです、陛下の前へ」

手持ち無沙汰の俺はシセリアの愚痴を聞くのだが……この話はもう何度目になるだろうか。

「もうびっくりでしたよ、本当に。それで何が起きているかわからないうちに無理やり跪《ひざまず》かされて、用意されていた剣を陛下が抜いたんです。一瞬、首を刎《は》ねられるのかと思いましたが、肩をとんとんされただけでした。で、いきなり騎士ですよ。詳しい事情を聞かされたのは、その後でした」

要は騎士団の中で俺と最も親しかったシセリアを側付《そばづ》きにしようとしたものの、従騎士ではさすがに格が足らないと判断して特例で騎士にしてしまったのだ。

それで側付《そばづ》きの騎士となったシセリアのお仕事はというと、俺のそばに控え、周りで起きることに注意を払い、何かあれば騎士団に報告するという、小間使い兼連絡役でしかなかった。

うーむ、もしかしてシセリア、ていよく騎士団を追い出されてしまったのではないか？

でもまあ、その勤務地となるこの森ねこ亭にはメイドと兼業してる副団長もいるわけだし、考えようによっては栄転なのかもしれない。

「まあ曲がりなりにも騎士になれたんだから、そこは喜ぶべきところなんじゃないか？」

「素直に喜べないのが問題なんですよ～」

ぐでーっとテーブルに張り付き、ふて腐れるシセリア。

「確かに騎士になれたことは嬉《うれ》しいです。待遇もびっくりするほど良いです。宿代は騎士団持ちですし、暮らしも団での集団生活に比べたらずっと快適です。皆さんはちょっと不安になるくらい歓迎してくれましたし、ケインさんが出してくれるお菓子は素晴らしく美味《おい》しいです」

状況だけ見れば、出世して待遇の良い勤務地で働けていることになる。

しかし――

「騎士になるのが夢でした。そのために頑張ってきたのにー……」

自分の努力の結果ではないこの待遇に釈然としないのだろう。

わかるぞ、その気持ち。

「まあ、これでも食べて元気出せ」

「――ッ!?」

カステラ一本を創造して差し出した途端、シャキーンと身を起こすシセリアはなんだかおやつの匂いに居眠りから飛び起きる犬のようであった。

「こ、これは……甘く心地よい香り……！　あむっ。――ッ!?　あむっ、あむっ、あむあむあむあむあむあむ……！」

シセリアは作法を守って恵方巻きを食べるように、あるいは長細い茎を囓《かじ》り続けるハムスターのように、カステラ一本をそのまま一心不乱に貪《むさぼ》り始めた。

「「「……ッ！」」」

するとどうだ、食堂に緊張が走ったではないか。

シセリアを元気づけようと出したカステラが、課題に取り組むノラとディア、見守るエレザ、絵本を読んでもらっていたラウくんを刺激し、その視線を釘付《くぎづ》けにしてしまったのだ。

「みんなはノラとディアが課題を片付けたらな……」

「頑張る！」

「がんばります！」

「お二人とも、頑張ってください」

「……！」

奮起したノラとディア、その二人を励ますエレザ、ぐっと握りこぶしを作ってえいえいおーとお姉ちゃんたちを応援するラウくん。

飲み物は牛乳でいいかな？

俺、カステラと牛乳の組み合わせが好きなんだよね。

まあそれはいいとして――

「達成感のない成功、か」

俺が悠々自適な生活を実現させるための金が欲しくとも、シルにおねだりしたり、金貨を創り出したりして解決しないのはこれ、納得のいく手段ではないからだ。

やはり『やってやった！』という達成感がともなっていないと、その成功に対しての違和感を覚え、場合によっては望んでいた『夢』がゴミに成り果てることにもなりかねない。

汚れた手段を用いようとも『夢』を実現したいか、『夢』だからこそ汚《けが》れなく実現したいか。

その比率は人によって違うのだろうが、どうもシセリアは俺と同じように後者——ロマンチストであったらしい。

「なあシセリア」

「はい！　とても美味しかったです！　今なら想定外に騎士になったこともなんだか受け入れられそうです！」

「受け入れちゃうの!?」

安いなこの娘《こ》！

「そ、それならそれでいいんだけども……一度親父《おやじ》さんなり団長なりと話し合って、団に戻してもらったらどうだ？　その場合は騎士取り消しでまた従騎士からになるかもしれないけど……」

俺が「シセリアはいらない」と伝えればそれでシセリアは任を解かれるのだろうが、その場合、シセリアがポンコツすぎて返品されたという事実が——ではなく、誤解を招く。

それを不憫《ふびん》と思ってのアドバイスであったが、なにやらシセリアは苦々しい顔に。

「じ、事情があって、それもちょっと……。ここで戻ったら、父上に格の違いうんぬんと言われ続けることになる……さすがにそれは我慢ならないのです、ぐぎぎぎ……」

ちらっとノラを見つつシセリアは唸る。

なんの話だろうか？

事情はわからないが、当面、シセリアは俺付きの騎士としてこの宿屋で一緒に暮らし、また俺と騎士団とを繋《つな》ぐ連絡役として働くようだ。

「しかし連絡役か……」

連絡――でふと思い出したのはシルのこと。

先の王宮上空での、シルの怒りの大騒動、すべてはシルに連絡を取る手段がなかったことに端を発すると言っても過言ではない。

もう俺の居場所は伝わったものの、今後のことも考えるとやはり連絡できる何かしらの手段はあったほうがいいだろう。

なにか――

「――ッ!?」

その時、俺の脳裏に稲妻のごとき閃《ひらめ》きが。

＊＊＊

雨は夜になっても降り続く。

皆におやすみの挨拶を済ませたあと、俺は微《かす》かに雨音が聞こえてくる自室に戻り、簡素なイスに腰掛け、これから実現するであろう魔導的な偉業に胸をときめかせていた。

「電話、携帯電話、スマートフォン……」

離れた場所にいる相手と対話するために誕生した文明の利器。

現代日本に生まれた者にとっては生活の一部となっているそれらに、当然俺も慣れ親しんでいた。

つまり、『離れた相手と対話する』という『感覚』はとっくに獲得しているのだ。

この『感覚』があるならば、これを魔法として実現することも、そう難しい話ではないだろう。

以前は唯一の友人であったシルが週一くらいの頻度で訪れてきていたこともあり必要性を感じなかったが、森暮らしという当初の予定が木っ端微塵《こっぱみじん》となった現在、ひとまずこの森ねこ亭に留《とど》まってはいるものの、不可測な事態によって急に離れなければならなくなる状況だってあるかもしれず、それを考えるとやはり気軽に連絡が取り合える手段は用意しておいたほうがいいのだ。

「さて、まずは……」

と、創造したのは俺が元の世界で使っていたスマートフォン。

お値段はなんと一円！

性能はそれなりであるものの、コストパフォーマンスという面では最強のスマホであった。

「ふむ……」

形、質感、すべては記憶にある通り。

しかし――

「やっぱり、こりゃモックでしかないな」

電源ボタンを長押ししても画面が点灯することはない。

俺が創造できるのは元の世界で慣れ親しんでいた『単純な構造の物』と『体に取り込んだことのある食品』であり、複雑な構造、さらには高度なプログラムによって制御されていたスマホとなると、この通り、精巧な原寸大の模型にしかならないのだ。

しかし、この結果は予想していた通り。

それでも、一応、もしかしたら、という宝くじを買うような期待感でちょっと試してみたのだ。

「あわよくば何か不思議な力で魔法のスマホでもできればと思ったが……さすがに無理か」

ぽいっと、なんの役にも立たない長細い板を、魔法で作った『蒼ざめた猫の存在理由《フォーディメンションポケット》』である『猫袋』に放り込む。

「さて、ここからが本番だ」

魔法での『通話』の再現のイメージとしては『念話』だろう。

俺はイスに座ったまま目を瞑《つぶ》り、精神を統一させる。

経験上、魔法の開発は危険がともなう。

半年ほど前、長らく取り組んでいた『猫袋』をそろそろ実現させようと大規模な実験を行ったときは空間異常が発生し、その歪《ゆが》みによって森の一部が知らない場所に繋がってしまい、ごっそりと置き換わるという事故が起きてしまった。

しかし今回目指すのは『念話』なので、うっかり失敗したり、予想外の効果が現れてもそう被害が出るようなことにはならないだろう。

「(もしもし、もしもし……)」

念じ、待つ。

反応は――ない。

「ふむ？　あ、『もしもし』じゃ意味不明か？」

話し始めの『もしもし』は完全に日本独自のものだ。

いやそもそも、離れた相手と対話するという状況が存在するのかしないのかわからない異世界だ、いきなり脳内に『もしもし』などと響けば、相手はびっくりして応対どころではないだろう。

「（おーい、俺、俺だけどー）」

つと、いかん、これではオレオレ詐欺と間違われる——わけないな。

「（聞こえるー？　おーい、聞こえたらなんか反応してほしいんだけどー）」

再び待つ……が、反応はない。

「シルにまで届いてないのか……？　あ、考えてみれば、基地局も交換局もないんだから、俺の出力の大きさがそのまま影響するもんな」

つまり、必要なのだ。

シルのいる山まで届く『大出力』が。

「こほおぉぉぉぉ……！」

高まれ、俺の魔力。届け、シルのところへ。

奥義——

「（（ファ・ミ・◯・キ・く・だ・さ・いッ!!

全身全霊の念波。

手応えあり。

が、次の瞬間——

『……うわぁぁぁ——……ッ!?』

「おや？」

寝静まっていた宿屋が突然騒がしくなった。

まるで宿屋にいる俺以外の全員が、びっくりして悲鳴をあげながら飛び起きたような——。

「ふむ、これは……。よし！　今夜はもう寝るか！」

どたばたと人が起き出す音を微かに聞きながら、俺はそっとベッドで横になる。

おやすみなさい。

＊＊＊

本日は晴天。

宿屋の皆は昨夜の、頭の中に突然響いた謎の大声を不思議がっていたが、俺にはなんのことかわからないのでお菓子の詰め合わせを配っておいた。

やはりあれだな。魔法の実験は人のいないところでやるべきだな。

「先生！　今日は薬草集めに行ける！」

「いっぱい集めます！」

「……行く！」

「わん！」

朝食時、昨日はお流れになったピクニックに行くのだと、おちびーズは張りきって主張してきた。

「わかった、じゃあ今日は薬草集めな」

やったー、と大喜びのおちびーズ。

薬草採取という名のピクニックが楽しみで仕方ないおチビたちはいそいそと準備を始め、グラウ父さんとシディア母さんがお弁当を用意してくれるのを待っていつもの面子《メンツ》で出発。

もうそのままピクニックでいいような気もしてくるが、一応の名目を投げ捨てると遊びたい放題しているだけになってしまうため、ひとまず冒険者ギルドへと向かう。

そろそろ慣れてきた冒険者ギルド第八支部。割のいい仕事はないかと朝から足を運ぶ勤勉な冒険者たちによってそれなりに混雑しているのだが……今朝はいつもと様子が違った。

冒険者たちは仕事探しよりも、噂話《うわさばなし》のほうに夢中になっているのだ。

なんだろうと気になり、ちょっと耳を傾けてみると――

「ふうん、真夜中の大声？　俺は知らないな」

「おいおい、どれだけ深く寝入ってたんだよ。こう、頭の中にガツーンって感じでよ、俺なんかびっくりして飛び起きたぜ？」

どうやら噂されているのは、昨夜遅くに聞こえた『謎の大声』についてらしい。

そうか、宿屋だけに留まらなかったのか……。

うっかり宿屋周辺にまで――

「どうやら声は王都中に響き渡ったそうだ」

やべえ周辺どころの騒ぎじゃねえ……！

「それでその大声は何を言っていたんだ？」

「それがよくわからないんだ。起きていた連中は言葉をはっきりと聞いたらしいが……お前、ファミ○キって知ってるか？」

「ファミ○キ？　なんだそれは？」

「わからん。なんでも声は『ファミ○キください』って訴えていたようでな。迷信深い奴らは、これだけ多くの人間に向けて訴えたってことは、そのファミ○キ？　それを見つけ出して捧《ささ》げれば、なんでも願いが叶《かな》うんだって言って、ファミ○キってのを探し回っているらしい」

「そいつはまた……ご苦労なことだな」

本当にご苦労なことだ。そして誠に申し訳ないことでもある。

これはバレると色々とまずいか？　怒られるやつか？

そう俺がハラハラしていると——

「だがまあ、妖精の悪戯《いたずら》だろう」

「だろうな」

あっさりとそう断じる冒険者たち。

この世界には妖精がいる。

元の世界に妖精がいたのかは謎だが、こっちには確かに存在するらしい。

あやふやなのは、教えてくれたシルも会ったことがないからだ。

妖精は悪戯のしすぎで妖精界に追いやられ、今ではほとんど姿を見ることがなくなっている。

「そうか、すべては妖精の仕業か……」

俺は知らんぷりして妖精にすべてを委ねることにした。

これは……あれだ。妙なことがあれば、すぐに妖精の仕業ではないかと勘ぐられるような実績を積み上げてしまった妖精たちが悪いのだ。

離れたところから、じ〜っと焦げてしまいそうな熱視線を向けてくる支部長がいるが、なぜあんなに見つめてくるのか俺にはまったくわからない。

無視だ。早く、一刻も早く、素知らぬ顔でいつも通り手持ちの薬草を納品して、さっさと立ち去らねばならない。

俺は急いで薬草を納品すると、続けて普通の薬草を集める依頼を受ける。

俺専門の受付嬢になりつつあるコルコルが、じとっと俺を睨《にら》むのはいったいなぜなのだろう？

「ケインさん、ちょっとお尋ねしたいことがあるのですが……」

「おっとすまない。のんびり話している時間がなくてな。ほら、見てくれあのちびっ子たちを。まるでこの世の薬草すべてを集めてやろうと言わんばかりの気合いの入りようじゃないか」

はっはっはー、とコルコルの言葉を軽やかに躱《かわ》し、俺はわくわくと今にも飛び出さんばかりのおちびーズの元へ戻る。

「さあみんな、薬草集めに行くぞ！」

待ちかねていたおチビたちに声をかけ、俺はすみやかに冒険者ギルドを脱出。

これに、きゃっきゃとはしゃぐノラとディア。

静かに奮起するラウくん、わふわふ吠《ほ》えるペロ。

その後から澄まし顔のエレザと、暇だったのか今朝配ったお菓子をさっそく口に詰め込んでもごもごしているシセリアが付いてくる。

さて、戻ってきたときはどう誤魔化《ごまか》したものやら……。

第2話　鳥を愛する者

連日の薬草採取《ピクニック》。

そろそろいいかげんノラとディアにも飽きがくる——

「あきない！」

「あきません！」

わけでもなかった。

何がそんなに楽しいのかわからないが、二人の薬草採取にかける意気込みはこの王都でも一、二を争うに違いない。

要は二人で一位二位を独占というわけだ。

しかしながら、二人に薬草採取の経験ばかりを積ませるわけにもいかなかった。なにも薬草採取のスペシャリストを目指しているわけではないのだから、そろそろこれも一段落させ、他の訓練にも取り組ませないといけない。魔法だってまだ使えないままだ。

ひとまずあと数日は存分に薬草採取をさせ、以降は魔法指導に切り替えることにした俺は、今日も今日とてお馴《な》染《じ》みの面子《メンツ》で冒険者ギルドへお邪魔する。

最初のうちは居合わせた冒険者たちに『いったいなんの集まりだ？』と怪訝《けげん》な顔を向けられていた俺たちだが、連日の訪問により今ではすっかり馴染みの風景として受け入れられていた。

俺はおチビたちと一緒に、いつも通り壁の掲示板にある常設の特殊採取依頼を吟味。

その一方で、シセリアとエレザは賞金首の貼り紙を眺めながら、王都に怪盗パルン三世が来ているとかなんとか話し合っていた。

「さて、今日は……」

依頼のうち、俺がどれを選ぶかはその日の気分次第。

そんな俺をちょっと離れたところでじっと見守るのが、錬金術ギルドの職員三人。

彼らは俺が依頼板を手に取ったところで、うち一人が「ひゃっほー！」と声をあげて喜んだ。

どうやら何が納品されるかの賭けをしているらしい。

錬金術ギルドは楽しい職場のようだ。

「確認お願いしまーす」

「します！」

「お願いします」

「……しま」

「わん！」

なるべくコルコルの受けが良くなるようにと、おチビたちと一緒に受付へ。

が、しかし、コルコルの反応はかんばしくない。

「ちゃんとお仕事をしているなら褒めるところですが……。ってまさかとは思いますが、ノラちゃんやディアちゃんばかり働かせているわけじゃないですよね？」

「はは、まさか。ちゃんとラウくんやペロだって働いているぞ？」

「貴方《あなた》がちゃんと働いているかって聞いてんですよ、私は！」

おっと、今日もコルコルに怒鳴られてしまった。

「いや、誤解があるようだ。聞いてくれ」

「誤解ぃ〜？」

コルコルは俺がおチビたちを働かせ、その報酬をちょろまかしているると疑っているのだろうが、そうではない。

「薬草採取の報酬は、ノラとディアとラウくんの三人で山分けになっているんだ。冒険者としてお金を稼ぐ練習だよ」

俺やエレザ、シセリアは薬草探しに必死になる三人を監督し、ときどき先に見つけた薬草へとさりげなく誘導したりする。

ペロなんかは『ここだ、ここにあるぞ！』と思いっきり吠《ほ》えてラウくんを呼ぶが。

「まあ報酬は微々たるものだが、自分で稼ぐのが楽しいみたいだな。貯《た》める目的もあるようだし」

「お金を貯めて、そのうち装備を調えるの！」

「わたしは宿屋に泊まるつもりです！」

ディアが言う宿屋とは森ねこ亭のことである。

うん、自宅だよね。

そのうち上手《うま》いこと誘導して、自宅への宿泊ではなくご両親への贈り物とか、そういう流れに持っていこうと考えている。

でもなー、夢だって言ってるからなー。

難しいかもしんないね。

せめて一回きりになるよう、頑張って説得しようと思う。

で、ラウくんは——

「……ほね」

「骨？」

ラウくんの発言に、怪訝な顔になるコルコル。

まあ『骨』だけではなんのことかわからんわな。

「ラウくんはお肉屋さんで肉がちょっとついた骨を買うんだ」

骨付き肉ならぬ、肉付き骨である。

ぶっちゃけ捨てるようなものを買っているわけだが、そこはお肉屋さんのおっさんが良い人で、気持ち多く肉が付いた骨——かろうじて骨付き肉とも言える特別な肉付き骨を用意してくれるのだ。

で、ラウくんはおっさんにこれを炙《あぶ》ってもらい、まだかまだかとそわそわして「きゅーんきゅーん」と鳴くペロに与えるのである。

「なんて良い子なんでしょう……！」

これを聞いたコルコルはにっこりで、褒められたラウくんはちょっと照れる。

「もうラウゼくんがペロちゃんの飼い主でいいんじゃないですか？」

「俺もそう思うんだが……飼い主となるとペロが抵抗するんだよ」

たぶん、前に勝負してラウくんが負けたからだろう。

ペロからすればラウくんは自分の子分なのだ。

「ちょっと話はそれたけど、俺が搾取してるわけじゃないってことはわかってもらえた？」

「理解しました。油断はできませんが」

「やれやれ、コルコルの中で俺の評価は一向に上がらないな。今のところ、依頼はすべて達成している優良冒険者なのに」

「ケインさん、ほら、あそこ、わかりますよね。一部だけ修繕されている壁。真新しくて無駄に目立つでしょう？　受付にいると、否《いや》が応《おう》でも目に入るんです。私はそれを見るたび、迷惑な誰かさんのことを思い出してイラッとするんですよ。あとコルコル言うな」

満面の笑みを浮かべながら語るコルコルの迫力よ。

人のイメージは第一印象でほとんど決まってしまうと聞く。

どうやらコルコルの中で俺の評価が上がるには、まだしばらく時間を必要とするようだ。

「はい。では、こちらが報酬となります。ご確認ください。またよろしくお願いします。――ってことで、ほら、とっとと薬草採取へ向かってください。ちゃんと保護者として、みんなの面倒を見てあげないと駄目ですからね」

棒読みからの追い払い、今日もコルコルは手厳しいぜ。

さて、これで俺の仕事は終わったので、次はお待ちかね、薬草集めに都市郊外へピクニックだ。

と、皆でギルドを出ていこうとした、その時――

「おうおう、邪魔するぜ！」

なにやら活《い》きのいいのがギルドに飛び込んできた。

まず目につくのが――って困ったな、やけに目につくところが多い。情報過多だ。尖《とが》ったお耳をした、緑髪金眼のエルフ娘というだけならまだいいのだが、長い髪を脳天から茶色の紐《ひも》で縛りあげて立たせているので、なんだか椰子《やし》の木のように見える。顔には部族的な戦化粧《いくさ》が施されており、身につけているのは某狩りゲーのロード画面みたいな柄……民族柄だったか？　まあそんな柄の、極彩色な衣装である。

「オレの名は鳥を愛する者《アイウエンディル》！　第一支部所属の銀級冒険者、『緑風』の鳥を愛する者《アイウエンディル》だ！」

ゴキゲンな姿をしたエルフ娘は、皆の視線が集中するなか威勢良く名乗りをあげた。

この闖入者《ちんにゅうしゃ》――アイウェンディルの登場に、俺たちも含め居合わせた者はみんなポカーンである。

いや、唯一ラウくんだけは俺の背にしゃっと素早く隠れたが。

で、ゴキゲンなオレっ娘《こ》エルフは場の空気などお構いなしに続けて言う。

「最近、この第八支部に『猫使い』とかいう活きのいい新人が現れたって聞いて、ちょっくら実力を確かめに来た！」

なんと、『猫使い』とな。猫限定の獣使いみたいなものだろうか？

さすがファンタジー世界だ、妙な冒険者もいたものである。

「さあ『猫使い』はどいつだ！　オレと勝負しろ！」

オレっ娘エルフが宣言すると、ギルドに居合わせた者たちはそっと彼女から視線を逸《そ》らした。

どうやらみんな関わり合いになりたくないようだ。

ところで、俺にはオレっ娘エルフの名前が不思議な感じに聞こえたのだが、もしかしてあの名前はエルフの言葉かなにかなのだろうか？

鳥を愛する者《アイウェンディル》……。

うん、微妙に言いにくいと思う。

他にも『アイウエ』ときて『オ』がないのも気になるが……まあいい。適当に縮めて勝手にアイルと呼ぶことにしよう。

で、そのアイルはというと、急に室内の空気が変わったので怪訝そうにしている。

「おう？　なんだ？　もしかしてオレに萎縮《いしゅく》しちゃってる？　はっ、まあ第八支部の連中じゃあしかたねーか！　なんたってオレは一年で銀級まで駆け上がった期待の新人だからな！　きっと来年には金級になってると思うぜ！」

ヒエヒエの空気にもかかわらず、構わずイキり散らすアイルの豪胆さたるや相当なもの。

奇抜な姿でお外を出歩くだけのことはある。

そんな一方で、俺はアイルの登場にひどく切ない気持ちになっていた。

だって異世界に来て初遭遇のエルフがあれなのだ。きっと普通の格好をしていれば可愛《かわい》らしいエルフのお嬢さんなのだろうが、今の彼女は無駄に豪華な服やら帽子やらで着飾らされた犬猫を目撃したような、なんともいえない気持ちにさせられる。

正直、遺憾の意を表したい。

と、そこで――

「……ノラお姉ちゃん、あのお姉さん、銀級なんだって、すごいね……」

「……すごいねー、私たちよりちょっと上くらいなのに……」

ディアとノラがひそひそ。

アレを素直に『すごい』と言える二人がすごい。きっと大物になる。

すると件《くだん》のアイルがこっちを見た。

「こらこら、嬢ちゃんたち、オレはこれでも二十八だからな？」

「――ッ」

一瞬、エレザがぴくっと震えたような……。

気のせいか？

「確かにエルフからすれば嬢ちゃんたちみたいなもんだが、子供扱いは面白くねえぜ。ほら、人で二十八つったら立派な大人、それどころかオバさん寸前だろ？」

「――ッ!!」

一瞬、エレザからすげえ殺気を感じた。

気のせいじゃない。

それは本当に瞬間的――瞬《まばた》きのような一瞬であったので周りは気づかなかったようだが、俺は気づいてしまった。

おそらく、きっかけは――いや、詮索《せんさく》は無用か。

気づいていることを気づかれるリスクを負うべきではないのだ。

なにしろすごい殺気だった。

思わず戦闘態勢に入りそうになるくらいの恐ろしく鋭い殺気。

俺でなきゃ失禁しちゃうね。

「あう、すみません」

「ごめんなさい」

「いや、訂正したかっただけで怒ってるわけじゃないから……ってちょっと待て。なあ、そっちのメイドはなんでそんな怖い目してオレを睨《にら》んでるんだ？　オレたち初対面だよな？」

「睨んでなどおりませんよ？」

「いや、だって――」

「睨んでなどおりませんよ？」

「……はい」

エレザの圧に負け、すっと目を逸らすアイル。

さっきまでの勢いが嘘《うそ》のようだ。

「そ、それはそうと、嬢ちゃんたちは冒険者なのか？　ずいぶん幼いようだけど……」

「わたしたちはお手伝いです！」

「先生と一緒に、冒険者のお仕事を学んでるの！」

「先生……？」

ディアとノラの視線につられ、つい、とアイルは俺を見る。

そしてすぐに片眉をしかめた。

「ほーん、お前、等級は何よ？」

アイルはオラついた足取りで俺の前に来るとやや屈《かが》み、下から覗《のぞ》き込むように睨んできた。

完全にヤンキーのガンつけだ。

ここでビクついたり、下手《したて》に出ようものなら、会話のペースは相手に握られてしまう。

舐《な》められるわけにはいかない。

「ふっ、俺か？　俺は黄金の鉄の木級だ」

「え？　金級ってこと？」

「いや、木級ってこと」

「まぎらわしいわ！　つか木級かよてめえ！」

俺に怒鳴り、アイルは再びディアとノラに話しかける。

「おい、嬢ちゃんたち、悪いことは言わねえ。こいつから学ぶのは考え直せ。こいつはアレだ、もうなんかすごいアレな感じがする。冒険者のことを学びたいならオレが教えるから。こいつとは縁を切るんだ。な？　いい子だから」

真《まこと》に遺憾である。

受付でコルコルが「うんうん」と頷《うなず》いているのもまた遺憾である。

だがしかし、視点を変えてみると、このエルフはディアとノラを心配して言っているわけで、そう考えると案外ただのイキリエルフではないのかもしれない。

「ありがとうお姉ちゃん。……でも、わたしはケインさんに教えてもらうから」

「私もー。先生、すごいんだよー？」

アイルの申し出をディアとノラは断った。

良い子たちだ。帰ったらお菓子をたくさん用意してあげよう。

「ちっ」

こうなると面白くないのはアイルで、再び俺を睨みつける。

「なあ、ケイン先生とやら、よく聞けよ。もしこの子たちがおかしなことになっていたら、オレがシバきに行くからな？　エルフは長生きなんだぜ」

脅し――なのだろう。

だがこれにより、俺の中でアイルの印象が『残念イキリエルフ』から『ヤンキーだけど面倒見のいいお姉ちゃん』へランクアップした。

もうヤンキーなんてものは絶滅危惧種だが、俺の子供の頃はまだわりと生息しており、家の近所にも腰まである髪を脱色して金髪なんだか茶髪なんだかわからない色になったお姉ちゃんがいた。

鞄《かばん》には教科書の代わりにスパナとかチェーンとか詰めていて、いつも鉄パイプを持ってる危ない人だったが、子供には優しかった。会うたびに飴《あめ》とかお菓子を貰《もら》ったものだ。懐かしいなぁ……。

「こ、こいつなんで急に遠い目になってんだ……？　なあ嬢ちゃんたち、いいのか？　本当にこいつが先生で……」

しつこいエルフめ。

そんなこと言って、もし二人が俺を危ない人みたいに思うようになったらどうしてくれるんだ。

ここはとっとと立ち去ったほうがいいだろう。

「さて、エルフのお姉さんは用があるようだし、ここらで俺たちは仕事に向かうとしようか」

はーい、と返事をするディアとノラ。

それから「ばいばーい」とアイルに挨拶。

アイルも苦笑気味の笑顔で小さく手を振って挨拶を返す。

なんか面倒くさいエルフだが、そう悪い奴ではなさそうだ。

こうして俺たちは冒険者ギルドを後にし、ひとまず都市から出るために市門へと向かい始めた。

ところが、である。

「……うぉらぁ……！　待ぁてやぁぁ――――ッ……」

しばらく歩いたところで、アイルがなんかすごい勢いで追ってきた。

いったい何事だ？

まあともかくここは――

「行け！　ペロ！　十万ペロペロだ！」

「わおーん！」

俺の指示を受け、ペロが迎撃に出る。

てててっ、と道を駆け抜け、勢いそのままにぴょーんと跳び上がってアイルに襲いかかった。

だがしかし、アイルは襲いかかってきたペロをあっさりとキャッチ。

これまでか――と思われたが、ペロはあきらめなかった。

猛然とアイルの顎《あご》をペロペロし始めたのである！

まあアイルはものともせずにそのまま走ってくるんですけどね。

で、アイルは俺たちに追いつくなり叫ぶ。

「おいこらぁ！　てめえが『猫使い』じゃねえか！」

……はい？

「どこにも猫なんていねえし、連れてるのが狼《おおかみ》だったからすっかり騙《だま》されたぜ！」

アイルは俺を睨みつける。

一方で、律儀《りちぎ》にペロを受け取りに行ったラウくんにペロを返品。

「俺が『猫使い』？　いや、初耳なんだけど……」

「なんで本人が知らねーんだよ！　ギルドの奴らはお前がその『猫使い』だって言ってたぞ！」

「はあ？　どういうことだ？」

「せんせ、せんせ、ほら、シャカちゃんが口からお水をざばーってしたからだと思うの」

ちょいちょいと俺の服を引っぱりながらノラが言う。

「あー、ああ、あれでか。いやあれ一回で俺って『猫使い』にされちゃったの？　安直すぎるだろ。つか俺って他の冒険者たちに『猫使い』って呼ばれてるの……？」

もうあだ名に格好良さを求めるような歳《とし》でもないが、さすがにもうちょっとなんとかならなかったものか。『猫使い』とか、どう頑張ってもファンシーな印象しか受けないだろこんなん。

「可愛いと思うの。私は好きー」

「可愛いよねー」

ねー、とノラとディアはハーモニーを奏でる。

ほっこりした。

「ほら、やっぱりお前が『猫使い』じゃねえか」

「釈然としないが、どうやらそのようだ。で、なんだって？　こう見えて俺たちは忙しいんだ。これからみんなで薬草を集めに行かないといけないんでな」

「この人数で薬草集めって、効率いいのか悪いのかわかんねえことやってんじゃねえぞ。それよりオレと勝負しな！」

「いいだろう！　おるぁッ！」

「ぐあ!?　キュ〜……」

俺の男女平等チョップを額に受け、アイルはその場にどてーんとひっくり返った。

「ふっ、たあいもない。勝負あったようだな」

「まさしく。お見事ですケイン様」

鮮やかに勝利した俺をエレザが讃《たた》える。

「で、つい反射的にやってしまったが、これはどうしたものか……」

地面にひっくり返ったアイルは、ラウくんの腕から飛び出したペロが再びその顔をペロペロし始めてもぴくりともしない。

「捨てていくのがよろしいかと。それが自然の掟《おきて》というもの」

「いや、あの、副——エレザさん、治安を守るのもうちのお仕事なので、それはさすがに……」

おっかなびっくりで物申すシセリア。

が、ギロリとエレザに睨まれることになり、「ひっ」と小さな悲鳴をあげた。

「シセリアさん、貴方はケイン様の騎士なのでしょう？　本来であればまず貴方が前に出て、このエルフを懲らしめる必要があったのですよ？　それを恥じ入るどころか、気遣うとは何事ですか」

「いや、あの、うぅ……。はい、その通りです……」

しょぼーんと小さくなるシセリア。

確かにエレザの言うことはもっともであるものの——

「まあ待て。シセリアはこの春ようやく従騎士と認められたばかりだったんだろ？　それがいきなり叙任を受けて騎士になったばかりなんだ。一人前の働きを求めるのはさすがに酷だろう」

「ケ、ケインさん……！」

ぱぁーっとシセリアの表情が晴れる。

「だから挽回の機会を与えるんだ。この手の輩《やから》はしつこいからな、負けを認めず、これからもなにかと俺に絡んでくるに違いない。そこで、こいつを連れていき、目覚めたところでシセリアと生きるか死ぬかのデスマッチをさせるんだ。きっとシセリアならもう絡む気がなくなるほどこいつを完膚なきまでに叩《たた》きのめし、俺に勝利を捧《ささ》げてくれることだろう」

「ケ、ケインさん……!?」

がびーんとシセリアの表情が曇った。

「なるほど……さすがですね。ではそのように致しましょう。さ、シセリアさん、何をぼけっとしているのですか。早くそこのエルフを背負ってください。のんびりしていては、薬草を集める時間が減ってしまいますよ」

「う、ううぅ……、はいぃ……」

＊＊＊

王都を出た俺たちはそのまま周辺の穀倉地帯を抜け、街道が走るばかりの原野に到着。

なるべく見通しの良い場所を選び、春の陽気に誘われ、もさもさっと若葉を茂らせる大きな雑木の下でまずはちょっと早めの昼食をとる。

いつもはこのあと二時間ほど薬草を集め、おやつ休憩をしてから帰還という流れだが――

「あん……？　あん⁉　どこだここ⁉」

アイルが目覚めたのは、俺たちが昼食を食べ始めた頃だった。

「あ、お姉さん起きた」

「ホントだ、おはようございます」

「お、おう、おはよう」

「はい、どうぞ。これ、わたしのお父さんが作ったんです」

「おう？」

状況がわからないまま、アイルはグラウ父さん特製バゲットサンド（肉は俺協賛）を手渡される。

目をぱちくりさせるアイルだったが、やがてバゲットサンドを一口。

「おっ、うめえ」

「ですよね！」

えへへ、と親父さんの料理が好評で喜ぶディア。

アイルはそのまま食事を続けるようだったので、ひとまずここに至るまでの経緯を説明した。

「ちっ、オレとしたことが不意打ちを食らうとは……」

「不服か？　再戦しても構わないが、今度はまずそこでうっかり咀嚼《そしゃく》できないほど口に食べ物を詰め込んで四苦八苦している我が騎士が相手になるぞ」

欲望の赴くままに餌を口に詰め込んだハムスターみたいになっているシセリアを見て、アイルは顔をしかめる。

「いや、あの、さすがにコレには負けないぜ、オレ……」

「それはやってみないとわからないだろう？　――さあシセリア、汚名返上の時だ！」

「もごっ、もごごっ、もごっ！」

待って、飲み込むまで待って、と必死にぱんぱんになった頬《ほお》を指差して訴えてくるシセリア。

「ちょっと無理っぽいみたいだぜ」

「ちょっと無理っぽいみたいだな」

「いえ、ケイン様、ユーゼリア騎士団の騎士は常在戦場、シセリアさんもそれはよく理解しているはず。問題ありません。ほら、そちらの血に餓《う》えたエルフさんも早く戦いたくてしかたないという顔をしているではありませんか」

「ほう、そうか。では――始め！」

「もごーっ！」

「いや待つよ!?　待つって！　いくらなんでもこんな状態のやつに戦いは挑まねえよ！　つか血に餓えたってなに!?　オレをなんだと思ってんだ!?」

「誰彼かまわず喧嘩《けんか》をふっかける狂犬……？」

「そ、そこまで悪質じゃねえよ！　お前の場合は――あれだ、新人のクセにいきなり通り名がつけられるようなのが現れたって聞いて、生意気だから軽くシメて、格の違いを思い知らせてやろうとしただけだ！」

「充分狂犬じゃねえか！」

なんなの、エルフってこういうものなの？

それともアイルが突然変異なだけ？

「つたく、変なあだ名をつけられるわ、そのせいで変な奴に絡まれるわ、ろくなもんじゃねえな」

お前のせいだぞ、とシャカに向けて胸中で呟《つぶや》く。

するとシャカは「にゃ」とおざなりに鳴いた。

興味はないが一応は反応しておこうという生返事だこれ。


その後、焦ったシセリアが食べ物を喉に詰まらせて死にかけるという珍事が起きたりしたが、エレザの適切なボディブローによって救助され、結果として大地は存外の栄養を得た。

そして現在――

「シセお姉ちゃんがんばってー！」

「シセリー、頑張れー」

「……がんば」

おちびーズの応援を受けるシセリアは、距離をとってアイルと対峙《たいじ》している。

しかし――

「ふぐ、ぐぐ、ぐ……」

「相手がもう瀕死《ひんし》なんだけど！　ほっといても勝手に崩れ落ちそうなんだけど！　アンタどんだけ強く殴ったんだよ！」

腹部を押さえ、立っているのもやっとこさというシセリアと相対したアイルは戸惑っていた。

「ユーゼリア騎士団の騎士は常在戦――」

「それはもう聞いたよ！」

「む。まあいいでしょう。しかしちゃんと加減したのにこの為体《ていたらく》とは……鍛え方が足りていませんね。これは今後みっちり鍛えてさしあげる必要が――」

「ひっ!? ――げ、元気ですよ！　私は元気いっぱいです！　さあ名前の長いやんちゃな感じのエルフさん！　決闘です！　もうびっくりするほどコテンパンにしちゃいますよ！」

「妙な呼び方すんじゃねえ！　アイウェンディルだ！」

切羽詰まったシセリアのナチュラルな挑発により、アイルはやる気になった。

「では、始め！」

この俺の合図に――

「てりゃぁぁ！」

ヤケクソ気味にシセリアが突撃する。

これに対し、アイルは動かず。

その代わり――

「我が名は鳥を愛する者《イム・ニン・アイウェンディル》！　風よ、吹け《グワエウ・ドラモ》！」

突き出される手、発動する魔法。

瞬間的に発生した突風はシセリアを一瞬で宙へと舞い上がらせる。

どうやら強風によって相手を上空へと吹き飛ばす魔法のようだ。落下によるダメージというのは、二、三メートル程度であろうと馬鹿にできないもの。地味ではあるが有効だ。

たぶん俺の『空を自由に飛びたいな（略称空飛び）』を傍《はた》から見るとあんな感じだろう。

「あ～れぇ～！」

シセリアはだいぶ情けない感じの悲鳴をあげながら宙を舞い、そのままズボッと緑なす雑木に頭から突き刺さった。

「ハッ、話にならねえな！　よし、次は『猫使い』、お前――」

「お待ちください」

アイルが俺を指名しようとしたところで、ずいっとエレザが前に出る。

「な、なんだよ、アンタは関係ねえだろ!?」

「いえ、シセリアさんはわたくしの後輩です。その後輩の命を摘《つ》まれたとあっては、先輩として出張らないわけにはまいりません！」

「いや死んでないよ!?　ジタバタしてるだろ!?」

「そんなことはどうでもいいのです。次はわたくしがお相手します！」

「もしかしてアンタ、オレをシバきたいだけじゃね!?」

「だとしたらなんだというのです？」

「悪びれもしねえ!?　――おい、『猫使い』！」

「よし。では、始め！」

「普通に始めさせんのかよ!?　――ああちくしょう、やってやらぁ！」

今度はアイルがなかばヤケクソのような感じだ。

「イム――」

アイルは即座に呪文を唱えようとしたが、それは悪手。

すでにエレザは距離を詰め、拳を振り上げていた。

「ふん！」

ゴッ――。

「のごッ!?」

無防備なアイルの左顔面に叩き込まれるエレザの拳。

地味に痛そうな音が響き、アイルはくるんくるんっとダブルアクセルを決めてから、ばたんと地面に突っ伏した。

死んだ？　あ、ちょっと動いた。

「……か、顔は……ある。よかった、回復、回復しないと……」

アイルはのたのたと四《よ》つん這《ば》いになり、腰のポーチから回復ポーションらしき小瓶を取り出すと中身を半分ほど飲み、残りを手のひらに溜《た》めてぱしゃぱしゃと左顔面に塗りつける。

で――

「き、効いてねえッ！　効いてねえぞオラァァァッ！」

咆吼《ほうこう》をあげながら立ち上がった。

なかなかガッツのある奴だ。

だがその両脚はぷるぷると震えていた。

ぶん殴られたダメージによるものか、それとも恐怖によるものか、もしくはその両方か、傍目《はため》には判断がつかないが、それでもアイルはああも効いていないと叫ぶのだ。ここはあえてそれを信じ、戦いを続けさせてやるのが武士の情けというものだろう。

その考えはエレザも同じようで、右の拳をぐっと握りしめ、アイルに見せつけるようにして言う。

「わかりました。では次はもう少し強めにいき――」

「待って！　ちょっと待って！　まず言いたいことあるから！　聞いて！」

戦闘の再開をアイルは慌てて止める。

「考えてみればアンタとの勝負はこれで終わりだと思うんだ！　オレはアンタの後輩をぶっ飛ばした、で、先輩のアンタはオレをぶっ飛ばした！　ほら、おあいこだろこれ!?　先輩後輩のよしみで戦うことにしたんならこれで終わりだ！　そうだろう!?　なあそうだろう!?」

アイルは身振り手振り、ちょっと必死な様子で訴えてくる。

その目の端からちょちょぎれているのは涙か、それとも目にも入っちゃった回復ポーションか。

「どういたしましょう？」

「ふーむ、確かに一理ある」

「だろう!?　ならそっちのメイドと戦うのはもう終わり！　終了！　そもそも『猫使い』と戦うなら、まずあの食いしん坊と戦えって話だったんだから！」

「というわけらしいぞ？」

「わかりました。しかし、わざわざわたくしと戦うのを避け、より強いケイン様と戦いたいとは、エルフの考えることはよくわかりませんね」

「え」

エレザの言葉に、アイルはぴたりと動きを止める。

「な、なあ、『猫使い』ってアンタより強いのか？」

「道具頼み、さらに試合という枠組み内であればよい戦いをすることもできるでしょうが、なんでもありとなれば普通に負けるかと。そうでしょう？」

「そりゃなんでもありなら……」

「えぇぇ!?　お前、木級だろ!?」

「登録したては誰だって木級だろ。上の等級にしてくれってお願いしても断られちゃったし……」

まあ今となっては木級でいいと思っているので不満はない。

ノラとディアの指導が必要なければ、冒険者を引退してもいいくらいだ。

「くっ……。ま、まあ、ただの木級に通り名なんてつくわけねえからな！　やってやるよ！」

こうして、俺とアイルの再戦は実現した。

もしものことを考えて、とエレザによっておちびーズは離れたところに退避させられる。

もしもって、いったいどんな想定をしているんだろう？

ちなみに雑木に刺さったままのシセリアは放置だ。

「つしゃー！　やるぜー！　やったるぜー！　おるぁー！　いくぞこらー！」

威嚇でやかましいアイルは、きっとまたお得意の風魔法を使ってくるだろう。

であれば……ここはあえて俺も風を操る魔法で迎え撃つのも一興だ。

しかし、そうなると気をつけなければならないのが使う魔法の威力である。

うっかり加減を間違えようものなら、たいへんスプラッタなことになってしまう。

となると、アイルみたいに相手を巻き上げるような地味なものがいいだろうか？

う～ん……。

よし、適当に竜巻でも起こしてみようか。

それで洗濯機で洗われるぬいぐるみみたくグルングルンさせ、ピヨピヨの戦闘不能にするのだ。

そう決めたとき――

「ちょっと待て！　それはなんだ！」

アイルが慌てた様子で俺を指差してくる。

いや、俺ではなく……俺のちょっと左横？

いったい何かとそこを見ると、そこには小さなもやもや亜空間が発生しており、その縁に前足をかけてにゅっと顔を突き出している普通サイズのシャカがいた。

「なんだ、また出てきたのか」

「にゃーん」

この声音の感じ、今は機嫌が良いようだ。

「こいつの名前はシャカだ。以上」

「いや『以上』じゃなくて！　おかしいだろ！　なんだその猫!?」

「おいおい、『猫使い』が猫を使うのがおかしいってのか？」

「いやだからって限度があんだろ!?　魔獣どころじゃねえぞ、幻獣……でもねえし！」

「その通り。こいつは俺の心に棲《す》む猫だ。ときどき勝手に出てくる」

「お、おお？」

簡単に説明してやったところ、アイルは目を見開いて言葉を詰まらせた。

何をそんなに驚く……いやまあ驚くか。

「お……お前、心の中に猫が棲んでいて、それで平気なのか……？」

「そんなこと俺が知るか！」

「お前が知らなきゃ誰が知るんだよ!?」

「深く考えないようにしてるんだよ！　心の中に棲んでる猫が気分次第で現実にまで出てくるとか怖いだろ！」

「そういう問題か!?　ちくしょう、どえらい奴に絡んじまった……。おい、嬢ちゃんたち！　やっぱりこいつはアレだぞ！　かなりアレだ！　悪いことは言わないから距離を置け！」

アイルは離れて見学しているノラとディアに呼びかける。

が――

「えー、シャカちゃん可愛いよー？」

「可愛いです。そのうち撫《な》でさせてもらいたいです」

ねー、と協和音を奏でる。

二人は仲良し。

「手遅れか……！」

そんな二人の反応にアイルはがっくりと打ち拉《ひし》がれる。

なんでや。

「……いや、まだなんとかなる。あいつらを救えるのはオレだけだ！」

と、ここでアイルがなんか謎の使命に目覚め、ビシッと俺を指差して言う。

「軽くシメるくらいのつもりだったが……気が変わった！　おい『猫使い』、オレが勝ったら嬢ちゃんたちを解放しろ！」

「なんで俺を悪者みたいに言うんですかね……」

二人とも、ちゃんと親御さんからお願いしますされてお預かりしてるのに……。

まあいい。

「わかった。お前が勝ったらな。では、さっさと始めよう。このあと薬草集めもしないといけないんだから。——あ、この勝負でお前が負けたら薬草集め手伝ってね」

「な、舐めんなよ！　お前には手加減なしだかんな！」

その気合いに反応したのか、アイルの周囲に風が渦巻いた。

極彩色な衣装は大きくなびき、雑木の枝が揺れてざわざわと音を立てる。

その様子——普通であれば『実力者が本気になった！』と慄《おのの》いたりするのだろうが……アイルのちょんまげが嵐に翻弄《ほんろう》される椰子の木に見えてしまって面白くて困る。

と、そこでエレザが開始の合図。

「では——始め！」

「いくぞオラァ————ッ！」

「うにゃにゃにゃにゃにゃにゃにゃ！」

「え？」

開始と同時、まず動いたのはなんとシャカ。

猛烈な勢いで猫パンチの連打。

いったい何を、と思った瞬間——

ゴウッ——と。

アイルのいるその場に、間欠泉みたいに竜巻が発生した。

「ぎぃぃぃやぁぁぁ――――――――ッ!?」

アイルは為《な》す術《すべ》なく竜巻に飲み込まれ、俺がイメージしていたようにグルングルン回り始めた。

「うーん？　もしかして……ちょっと規模の大きい魔法はお前が代わりに使ってくれるの？」

「にゃ」

そうだ、とばかりにシャカは鳴く。

でもなんでまた代わりに……？

せっかく謎が一つ解けたのに、新たな謎が一つ増えてしまった。

猫は不思議でいっぱいだ。

「参ったぁぁぁ！　オレの負けぇぇぇ！　参ったからこれ止めてぇぇぇぇ――――――――ッ！」

始まって間もないというのに、アイルは敗北を認めた。

俺まだ何もしてないのに……。

それに困ったぞ……あの竜巻ってどうやって止めるんだ？

どうしたものかと、俺はうにょんうにょん腰振りダンスをする竜巻を眺めていたが――

「あ」

なんということか、不運にも雑木に刺さっていたシセリアが吸い込まれて竜巻入りした。

あの竜巻、なかなかの吸引力だ。

「なぁぁんでぇぇぇあうぁぁぁ――――――――ッ!?」

「オレの負けだって言ってるだろぉぉ！　早く止めてくれよぉおおぉ――――――――ッ！」

奏でられる悲鳴の不協和音。

あの二人は仲良しではないようだ。


その後、竜巻は次第に勢力を弱めていき、アイルとシセリアは再び大地に帰還することができた。

二人は母なる大地の偉大さに深く感じ入ったのであろう。

「「おろろろろろろ……」」

仲良く感謝の捧げ物を大地に与えた。

「さて、約束通り薬草採取を手伝ってもらおうか」

「そ、そんな約束してねえけど……わかったよ……」

渋々ではあったが、アイルはお手伝いさんとして薬草採取に参加。

敗者の罰ゲームでもあるのでもちろんタダ働き。

せっせと薬草を集めて、おちびーズのお小遣いを増やしてやるがいい。

「そういや薬草集めすんのは久しぶりだなー」

そんなことを呟きつつ、アイルはおちびーズに交じって薬草採取を始める。てっきり、ちんたら嫌々な仕事ぶりを見せるかと思っていたが、これが思いのほかテキパキと働く。さっと辺りを見回したかと思うと、迷いなく薬草のある場所へと進み、ちゃちゃっと採取して次の場所へ。

さらにその合間には、おちびーズに採取のコツなんかを教えるという余裕ぶりだ。

「お姉さん、薬草あつめるの上手ですね！」

「いっぱい練習したの？」

「ああ、故郷の森でさんざんな」

うんざり顔で言うアイルだが、二人に尊敬の眼差《まなざ》しを向けられるのはまんざらでもない様子。

そうか、俺のサバイバルは二年程度だが、ある意味アイルは生まれてからずっとなのか。

そりゃ薬草採取も上手いに決まっている。

「そうだ！　ここは勝負を持ちかけて、負けたら二人が一人前になるまで薬草採取の指導をするよう約束させれば……！」

「なるほど、さすがはケイン様、名案ですね」

「おいそこぉ！　せめて声を抑えるとかしろや！　エルフは耳がいいとか関係なく、普通に聞こえてっからな!?」

俺とエレザの会話を聞き咎《とが》め、アイルは両手に薬草を握りしめながら憤慨する。

「あとお前、二人の先生ならちゃんと指導しろ！　ただ好きにやらせるのは教育じゃねえぞ！」

「確かに。そうなると……やはり勝負だな」

「そっちに話を戻すなよ！　もうお前と勝負なんかしねえよ！」

「なん……だと？」

完璧な計画が破綻してしまった。

かに思われたが――

「まあ、素直にオレのほうが優れてるって認めるなら？　オレとしても、お前が嬢ちゃんたちの指導をするのは心配だし？　ときどきなら指導してやってもいいんだけどな？」

ふふーんと、せせら笑いを浮かべるアイル。

これまでの負けっぷりなど、記憶から消去されでもしたかのような切り替えの早さはいっそ清々《すがすが》しさすら感じさせる。

と――

「アイウェンディルさん」

そこでエレザがため息まじりに口を開いた。

「な、なんだ、やる気か？　でもオレはもうお前ともやらねえぞ！」

「いえそうではなく、いくらケイン様が親しみやすいからといっても、出会ったばかりの貴方があまり馴《な》れ馴《な》れしくするのはよろしくないと思いまして」

「はあ？　なんだよ、もしかしてこいつ偉い奴なのか？」

「おや？　ケイン様は使徒様ですが……」

「え？」

「使徒様です」

「……」

すん、とアイルが真顔になった。

手に持っていた薬草がぽとっと落ちる。

「な、なんで、いまさらになって、そんなこと、いうの……？」

「ご存知なかったのですか？」

「と、とおでから、もどったら、ねこつかいって、イキのいいのがいるって、きいたから……」

なんで片言になる。

青ざめたアイルは瞳をうるうるさせながら言う。

「ゴメンナサイ、おねがい、こ、ころすのは、ワタシだけに。このよから、エルフを、けしさるとか、そういうのは、やめて……」

「そんなことしないよ⁉　え⁉　世間的に使徒ってそんなヤベえ奴だって認識されてんの⁉」

ショックだ。

俺は悠々自適な生活を志す善良な移住者なのに。

「……エルフ、ころさない？」

「殺さねえよ！　……まったく、俺はそんな物騒な使徒とは違うっての。ちょっと絡まれたからってエルフ皆殺しなんてしねえよ。公示人ならいざ知らず」

「ひえっ」

あれ、アイルがますます怯《おび》えてしまった……。

俺が使徒と知ってアイルは急によそよそしくなったが、薬草採取を終える頃には元に戻っていた。

もしかして鳥頭なのだろうか？

まあ変に怯えられるよりも、無駄に突っかかってくるイキりエルフでいてくれるほうが若干マシなのでよかったと思うことにしよう。

薬草採取を終えた俺たちは王都へ帰還し、まず冒険者ギルドで集めた薬草を納品する。

いつもより採取時間が短くなったものの、薬草採取のエキスパートだったアイルの献身的な働きによっていつもの倍近くの薬草を納品することになり、おちびーズの懐は潤った。

こうして俺たちは今日の薬草採取を終え、宿屋に戻ろうと夕暮れの帰路についたのだが——

「この辺は全然来たことねえや。あんまり活気がねえんだな」

当たり前のようにアイルが付いてきている。

これについて誰も何も言わない。

おちびーズはまったく気にしていない。むしろディアとノラはすでに懐《なつ》きつつある。出会ったときは警戒していたラウくんですら、アイルがいることを受け入れていた。

エレザやシセリアは指摘する立場にないと思っているのか静観だ。

「なあ宿はまだ遠いのか？」

「もうちょっとだが……お前なに普通に付いてきてんの？」

どうも俺が確認するしかないと悟り、率直に尋ねてみた。

するとアイルは首を傾《かし》げる。

「なんでって、ほら、一緒に仕事しただろ？　こういう場合、みんなで一緒に食事して騒ぐじゃん？　え？　オレ行っちゃ駄目なのか？」

「べつにダメってことはないが、なんか普通に同行してるもんだから不思議に思えた。もう会うことはねえぜ、とか言いながら消えるかと思ってたんでな」

「んな無責任なことしねえよ。嬢ちゃんたちに薬草の集め方を教えるって約束しちまったし」

無駄に律儀なところがある奴だ、見た目も言動もヤンチャなのに。

「宿に行ったら、さっそくメシにしようぜ。めっちゃ腹へってんだよ。誰かさんのせいで全部出しちまったからな。昼に貰ったパンが美味《うま》かったから期待してんだ」

「ありがとうございます！」

親父さんの料理が褒められ、ディアはにっこり。

やがて森ねこ亭が見え始めたところで、おちびーズは我先にとダッシュ。

ただいまーと叫びつつのご帰還だ。

遅れて俺たちも宿屋へ入ると、おちびーズはすでに食堂の大きなテーブルにスタンバイして、わくわくと今日の夕食に胸をときめかせている。

「やあ、みんなおかえり。今日はケインくんに教えてもらったカラアゲだよ」

今日の晩ご飯はカラアゲか。

これまでにも転移者は来ているのだから、すでに普及してるかと思いきや宿屋夫婦はその存在を知らなかった。

この夫婦が知らないだけか、それともマジで普及していないのか……。

「たくさん用意するので、アイウェンディルさんも遠慮せずに食べてくださいね」

アイルのことはおチビたちから聞いたようで、宿屋夫婦は一緒に食事をする気になっている。

と――

「カラアゲ？　どんな料理なんだ？」

カラアゲを知らないアイルが首を傾げる。

あ、そうだ。こいつ名前が『鳥を愛する者』なんだよな。

カラアゲが鳥料理だと知ったらブチキレたり……。

「カラアゲは鳥のお肉を油で揚げた料理です！　美味《おい》しいです！」

どうしようかと思っていたらディアが答えてしまった。

これはまずい――

「おっ、鳥料理なのか、いいねえ！」

全然まずくなかった。

なんか鳥を愛する者《アイウェンディル》さんたら、喜んでるよ。

「お前、鳥食べるの？」

「え？　食うよ？　大好きだぜ？」

「ええっ、名前が『鳥を愛する者《アイウェンディル》』なのに？」

「んお!?　エルフ語わかるのか？　ああ、確かにオレは『鳥を愛する者』だ。だから鳥が大好きなんじゃん。あ、あと、オレのことはアイルでいいぜ」

「えぇ……」

そういう『愛』かよ。好物なのかよ。

エルフの感性どうなってんだ。

まあ変なところで気を揉《も》んでしまったが、やがて親父さんのカラアゲが完成。あとはみんなで準備をして、アイルというお客さんを交えての夕餉《ゆうげ》が始まる。

「こいつがカラアゲか……」

まじまじとカラアゲを眺めてから、アイルはがぶっと齧《かじ》りつく。

で――

「――ッ!?」

ビクンッと震え、そして騒ぎだす。

「う、うめっ、うめえ!?　うめえぞこれ!?　うめぇ！」

そこからはガツガツと、それはもうガツガツと、シセリアとタメを張るほどの勢いでアイルはカラアゲを貪《むさぼ》った。

すっかりカラアゲに魅了されたようだ。

色々とアレなエルフではあるが、無邪気にカラアゲを頬張っている様子を見るとなんとなく憎めなくなる。


で、そんなアイルとの出会いから三日——

「なあなあ、今日はさー、鳥を狩りに行こうぜ、とりー、とーりー」

そこにはわざわざ宿屋を移ってきて、すでに森ねこ亭の朝の風景に馴染みつつあるアイルの姿があった。

第3話　鳥を喰らう者

アイルが鳥を狩りに行こうとしつこい。

とてもしつこい。

気乗りしない俺は「そのうちなー」と生返事で誤魔化《ごまか》していたのだが——

「みんなも薬草採取以外のことやりたいよな？」

「「「やりたーい！」」」

小癪《こしゃく》なことに、アイルはおちびーズを唆《そそのか》した。

アイルが行きたいと喚《わめ》こうが知ったことではないが、おチビたちがせがむとなると話が変わってくる。

ふむ、狩りは魔法を覚えさせてからと思っていたのだが……いや、なにもいきなり参加させる必要はないか。どうやって狩りをするのか見て知ることも訓練だ。

「わかった。じゃあ鳥を狩りに行くか」

「やったぜ！」

そう喜ぶアイルは出会ったときのような奇抜な格好ではなく、いたって普通の姿。こうなるとアイルはただの口の悪いオレっ娘《こ》エルフでしかなく、あんまり面白みはなかったりする。

聞けば、あの椰子《やし》頭や隈《くま》取《ど》り、民族衣装は外出用であるらしい。

故郷の風習なのかと思いきや、見た目で舐《な》められないよう自分で考案したものであるらしく、これによりアイルがエルフ内の突然変異（あるいは珍種）である可能性が濃厚になった。

もしかすると、その名前も鳥を愛する心優しいエルフになってほしいと願ってつけられ……いや、詮無《せんな》いことか。

「で、計画とかはあるのか？」

「もちろん考えてあるぜ！」

「そうか、じゃあちょっとみんなを集めよう」

ウキウキで計画を説明したがるアイルを待たせ、俺は食堂に皆を集合させる。

そしてテーブルを囲むことで『冒険者パーティが計画を話し合う会議の場』みたいな雰囲気を作りあげた。

これにはノラとディアもにっこり。

お菓子やジュースも用意したのでなおさらにっこり。

ただそれ以上に——

「はは、なんだか昔を思い出すな」

「そうねぇ。こうやって場所を借りて、色々と計画を立てたものね」

宿屋夫婦——グラウとシディアがかつて冒険者であった頃を懐かしみ、まったりとした雰囲気を醸し出している。

「それが自分の宿屋で行われるようになるなんて……くっ」

「あらあら」

感極まってグラウが泣きだした。

シディアやディアは温かい眼差《まなざ》しを向けるのだが……正直、困惑している者のほうが多く、説明を始めようとしていたアイルに至っては動揺しすぎて挙動不審になっていた。

「な、なあ、この宿ってちょっとへ……変わってね？　こっちに泊まることにした日も、なんか不安になるくらい歓迎されたし……」

「細かいことを気にしてくれるな。それより説明を始めてくれ」

「お、おう、そうだな」

気を取り直したアイルはテーブルに大きな鳥の図鑑を広げ、そこに描かれている鳥を指差す。

「狙うのはこいつ、戦斧鳥《せんぷどり》だ！」

気合いの入った様子でアイルは告げる。

ぱっと見はダチョウのような戦斧鳥。しかし並べて描かれた人との対比からして、ダチョウよりも二回りほど大きく、太く逞《たくま》しい首に支えられた巨大な頭部にはその名の由来なのだろう、斧《おの》のごとき歪《いびつ》なクチバシが異彩を放っている。

「森では見なかった鳥だな……」

「それは生息域が原野だからでしょう」

そう応えたエレザは、さらにアイルを見て小さなため息をつく。

「一人で行けばいいものを、熱心にケイン様を誘っていたのはこういうことですか……」

「どういうことだ？」

「戦斧鳥は、アイウェンディルさん一人では手に余るのですよ」

聞けば、戦斧鳥は獰猛《どうもう》で好戦的な『動物』であり、これを『狩る』ならばパーティで当たるのが望ましいとのこと。

「単独で狩るならば、金級程度の実力がないと厳しいでしょうね。ちなみに、ユーゼリア騎士団の騎士は金級相当なのですが……」

つい、とエレザが視線を向けた先には――

「あむあむ」

シセリアが幸せそうにお菓子を頬張《ほおば》っていた。

うん、あの騎士では無理だろうな。

で、アイルなのだが、エレザの指摘に渋い顔をしている。

「確かに狩るとなるとオレだけじゃな。いや、討伐するだけならオレだけでもなんとかなるぜ？でもそれじゃ意味がねえ。ズタボロにしちまったらせっかく美味《うま》いと評判の味が落ちる」

語る雰囲気からして、見栄や虚勢ではなく本当に味が落ちることをアイルは嫌っているようだ。

鳥を食うことにかける熱意だけは立派なもの、嫌いではない。

「こいつを上手《うま》いこと仕留めりゃ、ケインの鳥料理を色々試せて、みんな腹一杯食えるはずだ」

「いや腹一杯つっても、こんなでかい鳥じゃなくてもいいんだよ？」

俺が知っている鳥料理の数なんて知れたもの。

期待されすぎてもちょっと困る。

「いいって、余ったら全部カラアゲにすりゃいいんだから」

「だから量がね!?」

出会ったときからアレなエルフだが、鳥のこととなるとますますアレになるな。

「で、狩りについてだが、アンタが動くとオレはただ付いていっただけになりそうなんだよ。だから まずはオレの作戦通りにやって、それでダメなら倒してもらうってことでいいか？」

「ああ、俺としてもそのほうがいい。ノラとディアに狩りを見学させるのが目的だからな」

俺だと駆け寄ってぶん殴ってそれで終わりだろう。

学ぶところなんてありゃしない。

「よっしゃ。じゃあ作戦の前に、まずどこへ向かうか確認するぜ」

アイルはばさっと王都周辺の地図を広げる。

かなり大雑把な地図で、簡略化した地形と目印となる特徴物が描かれたそれは、なんだかよくある宝の地図のようにも見えた。

いや、地図のあちこちに鳥の狩猟に関する情報が書き込まれていることを考えれば、これは確かにアイルにとって『宝の地図』なのだろう。

「戦斧鳥がいるのはここ、王都からちょっと離れた地域だ」

「確かにちょっと離れてるな」

「これは……そうですね、往復で考えると三回は野宿をする必要がありそうです」

このエレザの発言に――

「「野宿!?」」

ノラとディアが過敏に反応。

「狩りに出かけて野宿、すごく冒険者っぽい！」

「お外でお泊まり！　すごいです！」

二人のテンションは爆上がり。

しかし――

「あ、でもお泊まりになると宿屋のお仕事が……！」

ディアがはたと気づき、どうしようと両親を見る。

「いやいや、うちのことは気にしなくていいから。行ってきなさい」

「ええ、これまでたくさん頑張ってくれたもの。これからはあなたの好きなようにしてもいいのよ」

「ありがとー！」

あっさり許可してくれた両親にディアは感謝し、その様子を見ていたノラはエレザに言う。

「私もお父さまに報告するー」

「それがよいですね」

多くは語らず、エレザは小さく微笑《ほほえ》んでノラに応えた。

野営となれば、普通の冒険者なら道具や食料を揃《そろ》えるなどそれ相応の準備が必要になるもの。

だが生憎《あいにく》と、俺はその『準備』とやらに縁がなく、何をすべきかまったくわからなかったので、ここは先輩冒険者であるアイルにノラとディアの指導をお願いする。

アイルは最初こそ面倒そうにしていたが、すぐに熱心に指導を始めた。あれで面倒見は良いのだ。

それと、教えを受けるノラとディアの勤勉な姿勢が好感を与えたというのもあるだろう。

そしていよいよ出発の日。

アイルは奇抜な格好になっており、その姿を見ると「アイルだなー」と謎の感慨を覚える。

「いやちょっと待てよ！　なんでみんな手ぶらなんだ!?」

一人だけ荷物を背負ったアイルは困惑していたが、俺がその荷物を『猫袋』に収納したことでアイルも手ぶらになった。

「えー、楽すぎるだろこんなん……。いやまあ楽させてもらうのはありがたいんだけどさー」

釈然としないような顔のアイルであったが、身軽になったことは素直（？）に喜んでいた。

そのあと俺たちはグラウとシディアに見送られ、まずは冒険者ギルドに向かった。

今回の狩りは依頼ではなく自分たちのためだが、ギルドに報告しておくことで何かあった場合は捜索班を出してくれるらしい。

他にも、普通であれば獲物運搬用の荷車を借りるなどの手続きもできるようだ。

「なるほど、これが普通の段取りというものか」

「お前、嬢ちゃんたちの先生だろうに……」

「人には得手不得手というものがあるのだ」

手続きを済ませ冒険者ギルドを出た後、俺たちはピクニックの時と同じように王都を出て街道を進み、やがていつも薬草採取している辺りを通り過ぎる。

途中、休憩を挟みはしたが、さすがにおちびーズはお疲れ。

そこで俺は宿屋で借りてきた荷車を『猫袋』から出しておチビたちを乗せる。

そのまま座るだけでは衝撃でケツが世紀末になるので、座布団を創造して敷いてやり、多少の快適性を確保する。

この荷車を引くのは、シセリアが進んで引き受けた。

「これくらいはしないと、ケインさんのそばにいる意味がホント行方不明になってしまうので！」

シセリアは無為に過ごすことに耐えられないタイプか。

俺がシセリアくらいの頃は『窓際族』に憧れていたんだがな。

やがて俺たちは初日の野営予定地へと到着。

休憩する間もなく、まずアイルは野宿の手順をノラとディアに指導。

一方の俺は土の魔法で頑丈な拠点を作りあげ、さらに炊事場や風呂場を設置していく。

「なにこれー！」

「ケインさんすごーい！」

「……！」

ノラとディアが興奮。

ラウくんも密《ひそ》かに興奮。

「土の魔法が使えるようになれば、なにかと便利だぞ」

俺はしっかりと魔法を覚えることの有用性をアピール。

「よし、まあこんなもんだな。じゃあアイル、俺たちはこっちに泊まるから、お前は引き続きノラとディアに野宿する様子を見せてやってくれ」

「……？」

テントの準備をする手を止めぽかーんとこちらを見ていたアイルはふと首を傾《かし》げ――

「うおぉぉぉい！　オレもそっちに泊めてくれよぉぉぉ!?　仲間はずれにすんなよぉぉぉ！」

猛烈に駄々をこねはじめた。

仕方ないので、アイルもこっちに泊めることになった。

＊＊＊

野宿しての翌朝。

俺たちは準備を済ませると、さっそく狩り場へと出発する。

晴れ渡る青空のもと、ぐっすり眠ったおちびーズは元気いっぱい。

その一方――

「宿より快適な野宿ってなんだ……。いや、野営と考えれば……いや、それでもおかしいな」

「ですよねー」

なにやらアイルはげんなりで、半笑いのシセリアが相槌《あいづち》を打つ。

森への遠征時や帰還の途中、シセリアはいちいち俺のやることに驚いていたので、なんとなくアイルの気持ちがわかるのだろう。

アイルは釈然としない様子だったが、歩き続けるうちに調子を取り戻し、ノラとディアにせがまれて冒険者として活動してきた自分の話をするようになった。

さりげなく自分を盛った誇張が気にはなるが……聞いているノラとディアが楽しそうだからよしとしておこう。

なにしろ、この道中はあまりにものどかで退屈なのだ。

「本当に何も起こらないな……。いきなり地面を突き破って巨大モグラが飛び出してくるようなこともない。平和なものだ」

「巨大モグラー？」

俺の何気ない呟《つぶや》きにノラが興味を持ったので、暇な道中を少しでも楽しませてやろうと地面から飛び出してきた巨大モグラをぶん殴って地中に叩《たた》き返す『リアルモグラ叩き』の話をしてやる。

「……なあ、あいつ妙な話してんだけど……」

「……ケインさんはずっと魔境で暮らしていましたから……」

「……はあ!?　どうかしてるだろ。オレでもあの森へ行くのは控えてたのに……」

アイルとシセリアがひそひそ。

微妙にアイルが失礼なことを言っているな。

よし、もし何かあればまずアイルを突撃させよう。

俺は密かにそう誓ったが、生憎と魔物の襲撃といったアクシデントは発生せず、昼過ぎ頃には無事狩り場へと到着した。

「よーし、まずは拠点を作るからなー。ちょっと離れてろよー」

おチビたちを遠ざけ、ちゃちゃっと見張り塔のような建物を拵《こしら》える。

「ふわー！」

「わー！」

「わ……！」

「あおーん！」

おちびーズはさっそく拠点に飛び込み、屋上へと駆け上がって雄叫《おたけ》びをあげる。

野性が目覚めたのかな？

うっかり野に還《かえ》ったりしないよう、エレザには注意しておいてもらわねば……。

「なあケイン、オレはこれから罠《わな》の準備をするからさ、お前は戦斧鳥を探しに行ってもらっていいか？　あっちに開けた場所があって、たぶんそこにいると思うんだ」

「ん？　それなら向かう必要はないぞ。ちょっと待て」

そう言い残し俺は『空飛び』でまっすぐに上空へとぶっ飛ぶ。

空からアイルの言う方角を確認すると……おお、いるいる。

確認ができたあとは自由落下で地上に戻り、戦斧鳥が群れていることをアイルに報告してやる。

すると——

「お前、無茶苦茶だな……」

ちゃんと仕事したのにあきれられてしまった。

解せぬ。


戦斧鳥の群れを確認したあと、アイルはノラとディアに解説しつつ拠点の近くにトラップゾーンの構築を始めた。

罠は足を引っ掛ける仕掛け線や、大きなバケツほどの落とし穴といった非殺傷のものだ。

「ただ仕留めるだけなら、仕掛け線は殺傷力の高い罠に連動させるし、落とし穴には尖《とが》らせた何本か杭《くい》を何本か仕込む、あるいは足を取られ転んだその場所にとどめを刺すための仕掛けを用意するんだ」

アイルは戦斧鳥をなるべく傷をつけずに生け捕りにし、その上で絞めるつもりでいるため、主に足止めのための罠を用意しているようだ。

「なるほどなぁ……」

「いやアンタが感心してちゃダメだろ」

「だって俺、こういう普通の罠とか使わなかったし……」

「普通の罠ってなん……いや、いい、わかった」

なんかアイルに妙な納得のされ方をしてしまったが、それからも実演講習は続き、トラップゾーンが仕上がったところで最終確認をしつつの昼食となった。

「いいか、戦斧鳥は集まっているところに攻撃を仕掛けると、周りの奴らも突っ込んでくる。だからはぐれている奴を釣り出す必要があるんだ。で、その釣り出す役なんだが……」

「もごっ!?」

すっとアイルの視線がほっぺぱんぱんのシセリアに向けられる。

「ほほう、栄えある囮《おとり》に選ばれるとは、さすがは我が騎士だな」

「いや、こいつしか残らなかっただけだから。まずオレは罠へ誘導する役だろ？　エレザはもしものことを考えて、嬢ちゃんたちと一緒に屋上で待機だ。となると残るはアンタとシセリアしかいねえ。で、アンタは囮じゃなくてそのまま倒しちまうかもしれないし、場合によっては群れごと壊滅させるかもしんねえだろ？」

あれ、もしかして俺ってアイルに作戦すら覚えられない脳筋だと思われてる？

「つーことで、残るはシセリアしかいねえんだよ。まあそんな難しいことはねえから心配すんな。

群れから離れている奴を見つけて、石でもぶつけてやればすぐに怒って追いかけてくるからさ！」

「も、もご、もぐもぐもぐ、ごっくん。……わ、わかりました」

ゴネるかと思いきや、シセリアは乗り気ではなさそうなもののすんなりと引き受けた。

エレザが見つめているからかな？

「シセリア、本当に大丈夫か？　無理ならペロにやらせるが？」

「わん！」

行けるぞっ、とペロは元気よく吠《ほ》えるが——

「ペロちゃんにこんな危険なことはさせられません！　私がやります！　やり遂げてみせます！」

「ペロならその場で仕留めるくらいやるんだが……まあやる気になってくれたからいいか」

こうして最終確認が終わり、いよいよ狩りが始まる。

「で、では、不肖ながらこのシセリア、役目を果たすべく精一杯頑張りますので、失敗しちゃってもあんまり怒らないでください！」

皆の声援を受け、まずはシセリアが戦斧鳥の群れがいる場所へとおっかなびっくりで向かった。

そして——

「ぎぃやぁぁぁぁ————!?」

めっちゃダッシュで帰ってきた。

さすがは騎士と言うべきか、シセリアなのにすごい速さだ。

「グコココッ！　グエッグエッ！　グケエエエ————ッ！」

しかしすぐ後ろには、今にも追いつきそうな殺意みなぎる戦斧鳥。

「うん？　気のせいか、なんかでかく……いやでかいなあれ」

図鑑で確認したスケールと違う。

脚一本ですらもうシセリアより大きいのだ。

「ふっ、シセリアの奴め、さては鳥料理をいっぱい食べたいから、群れの中でもとびきり大きい奴に喧嘩《けんか》を売って――」

「おめぇ自信なさげに出発しといて、なんでそんなでけぇの引っぱってきてんだよぉぉぉ！」

「しゃがんで丸くなってたからよくわからなかったんですよぉぉぉ――ッ！」

違った。ただのうっかりだった。

まあ小さかろうと大きかろうと、どうせ仕留めて食材だ。

そう考えるとシセリアは運悪く最適な個体を引き当てたということになる。

ああ見えてなかなか『持っている』お嬢さんだな。

「アイル、どうする？　もう俺がやるか？」

「……ッ!?　いやっ、まずはオレがやる！　普通よりでかくてちょっとびっくりしただけだ！　手に負えないほどじゃあねえ！」

さっそくの想定外に動揺していたアイルだったが、すぐに意識を切り替えて真剣な表情になった。

「アイルさぁぁあん！　は、早くなんとかぁぁぁ――ッ！」

「いやお前そっちじゃなくてこっち！　罠のほう！　罠のほう！」

だがアイルが真剣であろうと、誘導するシセリアがアレなため状況はいまだ混沌《こんとん》としている。

アイルが罠エリアへと向かうように指示するも、シセリアは一直線に拠点を目指してしまっていた。

「こっちだつってんだろぉ!?」

「無理ぃ！　もう曲がる余裕なんて――」

「グケェ――ッ！」

もう少しで拠点前、というところだった。

瞬間的に加速した戦斧鳥がシセリアの背中に跳び蹴りを食らわす。

あれこそまさに怪鳥蹴り。

「おごぉ!?」

背中に蹴りを食らい、シセリアは前へと吹っ飛ぶ。

受け身などとる余裕はなかったようで、ごろごろごろっと地面を転がりながら拠点前へとダイナミックな帰還を果たした。

「ああもうしゃあねえな！」

ここでアイルが動き、シセリア絶対殺すバードと化した戦斧鳥が走り抜けた瞬間、その背後からボーラ（アイル曰《いわ》く錘縄《おもりなわ》）を素早く投げつけた。

当初は罠に気を取られた隙《すき》を狙う予定だったが、こうなっては致し方ないだろう。

「おらぁ！」

ボーラとは縄の先端に錘を付けた代物で、これが上手いこと両足に絡まると歩行の妨げとなり動きを封じられる。元の世界でもダチョウ狩りとかに使用されていた狩猟用の道具だ。

しかし――

「グェッ！」

戦斧鳥は高く跳躍してボーラを躱《かわ》すと、翼を広げて姿勢制御を行い、攻撃を仕掛けたアイルへ向き直りながら華麗に着地した。

で、躱されたボーラであるが――

「ぬあぁぁぁ――――ッ!?」

よろよろと立ち上がったシセリアを見事捕縛。

奴隷商に持ち込めばそれなりの値がつくかもしれないし、つかないかもしれない。

「ちょっとぉぉぉ!?」

「わりぃわりぃ！」

戦斧鳥のヘイトが自分に向いたため、アイルはおざなりに謝りながらもう一つ用意してあったボーラを取り出す。

そして――

「我が名は鳥を愛する者《イム・ニン・アイウェンディル》！　風よ、吹け《グワエウ・ドラモ》！」

魔法を発動。

これは以前シセリアを高い高いして雑木に突き刺したものと同じであったが、今回は対峙《たいじ》する戦斧鳥めがけ強風を吹かせる効果となっている。

どうやら効果が固定された魔法ではなく、その都度自身のイメージを反映するようだ。

「くらえっ！」

これに戦斧鳥が怯《ひる》んだところで、アイルはすかさずボーラを投げつける。

が――

「グケッ！」

ズンッ、と戦斧鳥はぴんと張ったボーラの縄部分を踏みつける。

かろうじてボーラはその足に絡まっており、戦斧鳥も多少は動きにくくなったのだろうが、動きを封じるまでには至らない。

「ケイン！　こいつはオレが罠まで引っぱる！　その隙にポンコツから錘縄を回収してくれ！」

充分に注意を引いたと判断し、アイルが罠エリアへと走りだす。

とんでもエルフとばかり思っていたが、計画通りいかなくてもすぐに修正して行動できるのは立派、銀級は伊達《だて》ではないようだ。

「グココッ！　グエッ！」

戦斧鳥がアイルを追う。

俺は指示通り、地面に倒れ込んでしくしく泣いているシセリアからボーラの回収を急いだ。

「あうっ！　あうっ！　ケ、ケインさん、変なところは触らないでほしいです！」

「いい感じに絡まっちまってるからあきらめろ」

「そんなぁ～」

俺はあうあう悶《もだ》えるシセリアからなんとかボーラを引っぺがすと急いで罠エリアへ。

するとそこではアイルがぴょんぴょんすばしっこく跳ね回りながら戦斧鳥を翻弄《ほんろう》していた。

「おらおら！　こっちだ！」

「グケケッ！　ケッ!?　クワワッ!?」

アイルが囮となって動き回ることで、戦斧鳥は設置した罠に面白いように引っかかる。

しかし、シセリアが『もっけの幸い』で特別でかい個体を連れてきたことが災いし、想定ほどに足止めができていないという状況だ。

「我が名は鳥を愛する者《イム・ニン・アイウェンディル》！　水の球体《コロン・ネド・ロルン》よ！　走れ《ノーロ》！」

アイルは魔法攻撃も交えて戦斧鳥の相手をし始めたが、それでも火の玉をぶっ放したり、風の斬撃をぶつけたりしないあたり、美味《おい》しい状態で戦斧鳥を仕留めたいという並々ならぬ執念を感じさせる。さすがは『鳥を愛する者』（好物的な意味合い）である。

さて、そんな頑張るアイルにボーラを渡したいところだが、牽制《けんせい》にかかりきりになっている今の状態では難しい。

「一度こっちにヘイトを向けるか」

その隙にボーラを渡す、これでいこう。

というわけで、俺もアイルに倣って水弾をぶっ放すことにする。

ここで『イノシシ危機一髪』を使えば一発だが……これはアイルの狩りだからな、自重自重。

「せい！」

バチコーンッ――と。

「グエ!?　グワッ!?　グケエエ――――ッ！」

頭に豪速水弾をぶつけられた戦斧鳥は一度ふらつき、やがて俺へと注意を向けた。

狙い通り。

その隙に――

「アイル！　受け取れ！」

俺はアイルめがけ素早くボーラを放った。

高速で飛翔《ひしょう》するボーラ。

結果――

「ぬわぁぁぁッ!?」

見事アイルを拘束！

「おんまぇぇぇッ！　オレ捕らえてどうすんだアホォォォッ！」

「あっれぇー!?」

考えてみれば、普通にボーラを人めがけて投げたらそうなるわな。

これはうっかり。

「ほら、俺こういう道具使う狩猟になれてないから！」

「うっさいわ！　ああもう、ボサッととすんな！　鳥行った！　なんとかしろぉー！」

「なんとかって!?」

ぶつけた水弾がよほど痛かったのか、戦斧鳥はさんざんおちょくっていたアイルよりも俺を敵視して突っ込んできた。

ど、どうしよう？

ぶん殴る？

でもそれで仕留めちゃったら、あれこれ考えウキウキワクワクのゴキゲンな調子で狩りに臨んだアイルの楽しみを奪ってしまう。

それはよろしくない。

「仕方ない、ここは耐えるか」

俺はガンジーよろしく、非暴力不服従の意志を持ち、無抵抗にて荒ぶる戦斧鳥に立ち向かうことにした。

いや、フリとしてじゃなくてね。

ついカッとなって助走つけて殴るとか、核をぶっ放すとか、そんな反撃はしないから。

きっと俺が攻撃を耐えているうちにアイルは拘束から逃れ、ボーラを放ち、戦斧鳥を見事捕縛することだろう。

「さあこい！」

たかが野生動物、森の魔獣どもに比べれば、その攻撃など俺にとってそよ風のようなもの。

どんと構えて待つ俺に、戦斧鳥は駆け寄ってくるといきなりの蹴り。

ドゴッ――と、ほどほどの威力。

だがやはりこの程度、せいぜい大型犬の『ご主人さま大好きタックル』ほどでしかない。

と、そこで――

「クエエエ――」

戦斧鳥は大きく首を仰《の》け反《ぞ》らせる。

なんだ、と思った次の瞬間――

「クエッ！」

ズゴンッ！

「へぶぅッ!?」

目がチカッとして星が散る。

脳天に凶悪なクチバシが叩き込まれたのだ。

こ、こいつ……！

「今のは痛かった……痛かったぞ────ッ！」

ガンジーはガンジーⅡに進化した。

もはや非暴力に用はない。

平和の道は血祭りの道。

これこそが積極的平和主義というものよ！

「この鳥がぁッ！　お返しだッ！」

跳び上がってぶん殴る。

ゴチンッ！

「グケェッ!?」

頭部に俺の積極的平和主義を食らった戦斧鳥は、一瞬ビクンッと大きく痙攣《けいれん》し──

「ケェ……」

すぐによたよたとよろめいて、そのままバターンと倒れた。

「あ、いかん、のしてしまった……」

まだ死んではいないようだが……。

これ、こそっと活を入れたら元気になったりしないかな？

そんなことを考えていたところ、ボーラの拘束から脱したアイルがこちらへとやってきて言う。

「アタマ大丈夫か？」

「くっ、さっそくの罵倒か……」

「ちげえよ！　クチバシでど突かれただろ!?　ものすげえ音がしたぞ！」

「うん？　ああ、痛かったな。本のカドで叩かれたみたいに」

「そ、その程度……？　普通は頭が砕けるぞあれ……」

「頑丈なんでな。でもついやり返してしまった。悪い」

「いや、オレだけじゃ無理だったし、それはいいよ。いずれは一人で狩れるようになるさ」

「そうか……」

よかった、アイルはあまり気にしていないようだ。

これでブチキレて襲いかかってきたら、アイルにも積極的平和主義の教えを繰り出すことになっていただろう。

「んじゃ、こいつは絞めるぜ。言ってみりゃ、こっからが本番だ」

アイルは戦斧鳥の頭を抱えるようにして捻《ひね》り、グキッと頸骨《けいこつ》のあたりを破壊。これによりさっきまで元気よく大暴れしていた戦斧鳥はご臨終となった。南無。

「わん！　わんわん！」

と、そこで駆けつけてくるペロ。

戦斧鳥の周りを駆け回り、最後は上に飛び乗ると、まるで自分が仕留めたと言わんばかりに「あお〜ん！」と可愛《かわい》らしい遠吠えをしてみせた。

＊＊＊

仕留めた戦斧鳥はひとまず塔の前へ。

戦斧鳥を目の当たりにしたおちびーズは、おっきいおっきいと大はしゃぎだ。

そんなおちびーズにアイルは羽根を引っこ抜くよう促す。なんでも道具として特定部位の羽根が利用されるようで、これは冒険者ギルドが買い取ってくれるらしい。

「私たち見てただけなのにいいのー？」

「かまわねえよ。オレは肉が欲しいだけだからな。ああでも自分の分はちゃんと自分で持って帰るようにしろよ。これも訓練だ」

「はーい、ありがとー！」

「ありがとうございます！」

「……りがと！」

おちびーズにお礼を言われてまんざらでもないアイル。

仕留めたのは俺なんですけどね。

こうして換金できる羽根がおちびーズによって集められ、その後にいよいよ本格的な解体となる。

これを行うのは俺とアイルとエレザの三名。

俺とエレザもそこそこ慣れたものだったが、やはりもっとも手際が良いのはアイルだった。

解体は迅速に進み、切り分けた各部はひとまず『猫袋』へ。

この作業の様子は、冒険者を志すなら避けられない道と、おちびーズにも見学させる。

ディアはもう耐性があるらしく戦斧鳥が捌《さば》かれる様子を感心したように眺めていたが、ノラとラウくんはダメなようでディアの後ろに隠れつつおっかなびっくりで見学していた。

あと、ペロが「ちょうだい！　それちょうだい！」と喧《かまびす》しく吠え、解体中の肉に食らいつきそうだったのでシセリアに抱っこさせている。

やがて戦斧鳥を捌き終わり、これでようやく料理の下拵《したごしら》えを始められる状況になった。

そこでアイルが言う。

「アンタが作れる鳥料理を全部頼む！」

「ここにきてとんでもねえ無茶振りが!?」

ちょっと暴走気味だな。

俺の食歴なぞたいしたものではないが、それでも鳥料理全部となるとそれなりに数があるし、作れそうなものだけでも十種類はある。

全部となると、下拵えにけっこう時間がかかってしまうぞ。

「今日のところは一つ二つで勘弁してくれないか……！」

「うー……わかった。じゃあ特にウマいやつを二種類頼む！」

特にウマいやつって言われてもな……。

まあどれでも美味いと思うからどれでもいいか。

考えた結果、俺はチキンカレーと焼き鳥を選ぶ。

単純に食べたかったからだが、カレーは煮込んでいる間に別のことができるし、焼き鳥はみんなに下拵え（串打ち）を手伝ってもらえる。

ここから俺は皆に任せられることは任せながら、せっせと食事の準備をすることになった。

そして日も暮れた頃、ようやく料理が出来上がる。

拠点の中で食べてもいいが、せっかくだからと外で焚《た》き火を囲みながらの夕食だ。

じっくりコトコト煮込まれたチキンカレーは、さすがにお店の味とはいかないがなかなかに美味しい。

もしかしたらスパイシーすぎて受け入れられないかと危惧もしたものの、いつもにぎやかなおちびーズがシセリアのように黙々と食べ続けていることからお気に召したことが窺《うかが》える。

その一方、アイルは鳥の美味さをダイレクトに味わえる焼き鳥のほうにご執心だった。

まあチキンカレーは鳥料理じゃなくてカレーだからな。

「鳥はよく焼いて食べたけど……。同じ部位を食べやすい大きさにして串に刺して焼く。単純だが、普通はやろうとは思わない。なるほど、なるほどな……」

焼き鳥に感心していたアイルだったが――

「決めたぜ！」

突然立ち上がると、ハツ串を夜空に掲げて叫ぶ。

「鳥の料理人に、オレはなる！」

「「「「？？？」」」」

唐突すぎて、みんなポカーンである。

「オレは鳥が好きだ。だから狩って食べていた。でもそのまま焼いたり煮込んだり、調理はその程度だった。――だが、鳥は調理次第でもっとウマく食べられる！　やっとわかった！　オレがやらなきゃいけないことは、鳥を狩ることじゃなく鳥を調理することだったんだ！」

「あ、はい」

満天の星の下、アイルはなんか覚醒した。

どうしようコレ……。

第4話　鳥を揚げる者

アイルが鳥専門の料理人になると決意した。

鳥が大好きなアイルだ、ある意味それは天職なのかもしれない。

とはいえ、そこはかとなくアイルの人生をねじ曲げてしまったような気がしないでもない俺は、なるべく彼女の歩む道、その第一歩が幸先の良いものであるようにと、自分が作れる鳥料理のすべてを教え、必要になる調味料なども創造して提供した。

教えた料理はカラアゲに始まり、親子丼、水炊き、照り焼きチキン、棒々鶏《バンバンジー》といった料理の他に、軟骨揚げや皮せんべいといったおつまみ的なものも。

あと骨からスープが作れることや、皮からは鶏油《チーユ》が作れることも教えた。

アイルはこのスープと鶏油に衝撃を受けていた。

「こいつぁごくごく飲みたいぜ！」

「それスープのことだよね？　鶏油じゃないよね？」

この鳥愛好家（食すほう）なら、風味や旨味《うまみ》たっぷりの油を夜な夜なぺろぺろ舐《な》め始めても不思議ではない。

化け猫ならぬ化けエルフだ。

「ケイン——いや、師匠！　アンタぁ鳥の神だ！」

「鳥の調理法を伝授する鳥の神ってどうなの？」

人生観に変異が起きたアイルはおかしなテンションになっており、俺を師匠と崇《あが》めだした。

でもって、せっせと鳥料理を作っては必ず俺に食べてもらいに持ってくる。

「しゃぁ！　照り焼きできたぜ！　師匠、食べてみてくれよ！」

「あ、はい。もぐもぐ……。うん、美味《おい》しいです」

「いやそれだけじゃわかんねえよ！　もっとこう、指摘とか、頼むよ！」

「そう頼まれてもぉ……」

伝授した鳥料理が無難に作れるようになったというのに、アイルはまだ満足できていない。

凝り性……とは違うか。

好きなことだから頑張れる、好物だからこだわれる、みたいな？

しかし料理人でもなんでもない安い舌の俺にどんな指摘ができるというのか。

まあこれも困るのだが、もっと困るのは、アイルが練習として鳥料理を作りまくるせいで、ここ数日ずっと宿屋の食事が鳥料理なことだ。

きっと明日も、明後日《あさって》も鳥料理なのだろう。

宿屋の皆はまだ平気なようだが、俺はもう飽きてしまった。

そこで俺は一計を案じ、グラウにそれとなく客が厨房《ちゅうぼう》を使うのはどうなのかと話を振ってみた。

すると――

「え？　だってアイルさんはお客さんだよ？」

「……」

グラウからすれば、客が厨房を使って好きに料理するのは当然の権利であるらしい。

彼にとって『客』という概念はすべてを飲み込むブラックホールのようなものなのだ。

「客は神さまじゃないのに……！」

「ケインさんは神様ではないですけど、使徒様ですよねー」

鳥ハムをもぐもぐするシセリアがいらん相槌《あいづち》を打つが……そもそもの勘違いをしている。

俺はまだ無賃宿泊を継続しているため『客』ですらない。

だからなおのこと、『客』であるアイルの行動をとやかく言えないのだ。

アイルが鳥料理専門の料理人を目指すのはいい。応援もしよう。

しかし、だからといって、毎日毎日鳥料理ばかり食わされても困るのだ。飽きる。さすがに飽きる。

そこで俺はさらに一考。

「アイル、お前は己の鳥料理をさらなる高みへ至らせるべく意見を求めている。しかし、ここの面子《メンツ》に改善点を求めるのは無茶というもの。いやそもそも、王宮暮らしだったノラが美味しいと褒めるのだから、お前の料理の水準は——まあこの世界にしてはだが、もう充分に高いのだ」

「そ、そうか。でも——」

「となると、だ。もうあとはなるべく多くの人に食べてもらい、その中で意見を集めるべきだと俺は思う。具体的には屋台でも始めてみないか、ということだな」

「や、屋台だって……!?」

まあ実際は、そういう名目でアイルの鳥料理を宿屋以外で消費させようという計画なのだが。

「オレの鳥料理を売る……。そりゃいずれはって考えてたけど……でも、まだ早くないか？」

おや、自信家なくせに、アイルはちょっと不安らしい。

でもここで尻込みしてもらっては困るのだ、主に俺が。

「まあ聞け。なにも作れる鳥料理すべてを提供する必要はない。一品。一品でいいんだ。これならなんとかなりそうじゃないか？　下拵《したごしら》えは宿屋で行い、屋台で調理して販売するんだ」

「なるほど……。でもその一品をどれにするか悩ましいぜ？」

「おいおい、そんなの決まっているだろ。お前が最初に食べた異世界の鳥料理はなんだった？　カラアゲだろ？　始まりはカラアゲだった。だからまずはカラアゲから始めようじゃないか」

元の世界でも、カラアゲ専門の店はいっぱいあった。

デパートでも、コンビニでもカラアゲを売っていた。

これはきっとカラアゲが鳥料理の最高峰であるという証拠だ。

「他の鳥料理はカラアゲ屋台が成功したらということにすればいい。まずはカラアゲの専門家になるんだ。聞けば広場で定期的に青空市が開かれているらしい。ひとまずそこで販売だな」

「んー……わかった！　師匠！　オレ、やってみるぜ！」

「うむ、良い返事だ。屋台や必要な道具に関してはどういうわけかすっかり師匠扱いになっている俺に任せろ。お前はカラアゲをいくらで売るか決めるんだ」

「いくらでって……安くていいんじゃないか？　自分で狩ってくればいいんだし」

よくねえ、それじゃあこの宿屋の屋台版だ。

「確かにその通りだが、狩りから下拵えから販売、すべてやるのはたいへんだ。屋台ですらそうなんだから、これが店ともなればどれだけたいへんか。お前一人では無理だ。繁盛すればいずれは人を雇うことになるだろ？　その時に安売りをしていたせいで金がないんじゃどうにもならない」

「そうか、そうだな。そうだ」

「わかってもらえて嬉《うれ》しい。冒険者として仕事をこなし、その報酬で人を雇うとか言いだしたらもうどうしようかと思った。まあともかく、お前が最終的に鳥料理専門の店を開くのを目的とするなら、ちゃんと儲《もう》けが出るようにしないといけない。まずはカラアゲ一個、原価がいくらになるか調べ、販売する値段をちゃんと決めるんだ。その間に、俺は屋台と必要な道具を用意する」

「師匠……ありがとな！」

アイルは嬉しそうに言った。

宿屋の鳥三昧《ざんまい》を中止させるというのが動機ではあるものの、アイルは本気で鳥専門の料理人を志しているので、本気で悠々自適な生活を志す者として応援する気もちゃんとあるのである、実は。

上手《うま》いことアイルを唆《そそのか》した俺は、そのあとセドリックに会いにヘイベスト商会へ向かった。

油や調味料、調理器具や食器などは俺が創造して用意できるものの、屋台となるとさすがに実際に作ってもらうしかなく、となると相談できそうな相手はセドリックくらいしかいないのだ。

ヘイベスト商会に到着すると、俺はすぐに応接間へ通され、少し待つとセドリックが現れた。

「お待たせしました。ケインさんの噂《うわさ》は色々と耳に入っていますよ。お元気そうで何よりです」

どんな噂なんだろう……。

門前払いせずこうして相手してくれることから、そこまでひどい噂ではないと思うが……。

「森ねこ亭の皆さんはお元気ですか？」

あの宿屋に泊まっていることも把握しているのか。

いや、これは逆か？

もともと森ねこ亭のほうを知っていて、そこに俺が入り込んだという順番なのか。

「宿屋一家はみんな元気だよ。なんか妙に世話になってるから、娘さんには冒険者になるための指導なんかしてるんだ。ひとまず魔法を覚えさせようと思ってるんだけど、なかなかね」

ピクニックやらキャンプやらで、本格的な指導が行えていない。

「ほほう、ケインさんが指導ですか。それは羨《うらや》ましい。ぜひうちの娘にもお願いしたいところです。実は娘には魔導の才能がありましてね、魔導学園へ通わせているのですよ。まあ才能豊かというわけではないですが、ある程度でも魔法が使えれば将来の選択肢が広がりますので」

「ふむ、セドリックには世話になったし、今日もまた世話になりに来てるからな、引き受けてもいいぞ。ただ、俺は独学だからな。下手すると余計なことになるかもしれないぞ？」

「なるほど。では一度、娘と話し合ってみましょう。希望した際はよろしくお願いします。森ねこ亭の……ディアーナちゃんでしたか、歳《とし》も近いので仲良くしてもらえたら嬉しいですね」

「ん？　詳しいな。立派な商会の商人ともなると、そこまで把握しているものか？」

「ああいえ、そういうわけではなく、関わりがあったので覚えているだけですよ」

「関わり？」

「もう十年ほど前になりますか、宿屋の開業に関わったんです。要は援助ですね」

「え、えっと……こう言ってはなんだが、どうしてあんな場所で開業する宿屋に援助したんだ？」

「いえいえ、あの場所で開業するからこそ援助した――っと、これではわかりませんね」

では少しばかり説明を、とセドリックは続ける。

「うちの商会はそこそこ大きいものの、やはり王都を代表するような大商会と比べるとまだまだです。中堅と大商会の中間くらい、とでも言えばよいでしょうか。ユーゼリア騎士団の遠征の際の買い取りになんとか関われるくらいのものなのです」

頑張ってねじ込んだ遠征の成果が振るわなかった、これは俺のせいと言えなくもないのだろう。

一般には伏せられているからセドリックは知らない。

知らない……よね？

「き、騎士団の狩りは期待したほどではなかったか……？」

「はは、確かに成果は控えめでしたね。しかし、それとは別に得がたい出会いがありましたので」

セドリックはにっこりと微笑《ほほえ》む。

どうやら本心っぽいが……出会い？　騎士団と縁を結べたということかな？

「私はこの商会を大きくしたい。叶《かな》うなら、この王都で一番の大商会へと。しかしながら、それはなかなか難しい。商会はそれぞれ縄張りを持つので、大きくするとなればどうしてもどこかとぶつかることになる。要は王都という限られた土地を巡って領土争いをするようなものですね」

「ふむ……。ふむ？」

もしかして——

「森ねこ亭のある地区は空いている？」

「おや、これは話が早い。仰《おっしゃ》る通りで、あの地区だけは他の商会の影響力が及んでいないのです。ヘイベスト商会の躍進のためには、あの地区を押さえるしかない。そこで、あの地区で何かしらの商売を始めようとする人の手伝いをするのです」

「なるほど。でもあんまり発展しているようには……。これまでにどれくらい関わったんだ？」

「まだ森ねこ亭だけですね」

「えー……」

ダメじゃん。

足がかりにするその足がかりの段階で躓いちゃってるじゃん。

「はは、いやいや、まだわかりませんよ。まだ十年ですから」

俺のあきれ顔から言いたいことを察したらしく、セドリックはそう言って笑う。

それはいつもの人の良さそうな笑顔ではなく、何か企《たくら》んでいるような、ちょっとした悪徳商人のような笑みだ。

「もしかすると、そう遠くない未来に大きな変化が訪れるかもしれませんからね」

「変化ねぇ……」

思わぬところで森ねこ亭の開業秘話（？）が明らかになったあと、俺は訪問理由をセドリックに説明し、ついでに販売予定の商品——アイルが揚げたカラアゲの試食をしてもらう。

結果——

「はぐはぐ、これ、美味しいですね！　はぐはぐ、売れますよ！　はぐはぐ」

セドリックはもりもり食べながら太鼓判を押す。

ならまあ、それなりに繁盛するのではないだろうか。

「ともかく屋台が必要なんだ。道具は俺が用意できるから」

「ほうほう、差し支えなければ、その道具がどのようなものか教えていただけますか？」

「教える……見せたほうが早いな」

俺は応接間のテーブルに必要になりそうな調理器具や道具、食器を並べてみせる。

「ほほー！」

セドリックが食い入るように眺め始めたのは、ついでに売らせる予定のビールを注ぐガラス製のジョッキだった。

「ケインさん！　あの！　これ！　私にも売ってもらえませんか!?」

「いいけど……屋台がどうにかなったらな」

「ふふ、そうきますか。わかりました。微力を尽くしましょう。ではその屋台について具体的に教えていただけますか？」

「えっと……」

と、俺は絵心皆無ながらも頑張って描いたカラアゲ屋台の構造図をセドリックに見せる。

まあ日本のお祭りで見かけるカラアゲ屋台をちょっとコンパクトにした移動式屋台だ。

「ふむふむ、なるほど、構造自体は単純ですが、あのカラアゲを作るためには、たっぷりの油を一定の温度に保つ仕組みが必要となるわけですか。これは普通の大工に頼むわけにはいきませんね」

「なるべく急ぎで欲しくてな。明日くらいにはどうにかならないか？」

「あ、明日はさすがに……」

無理か……だが一日遅れると、その一日分、鳥三昧が延びるのだ。

「うーん、そうですねぇ……。これまでになかった屋台を、急ぎで用意できるとなると……ドワーフ大工団なら、あるいは……」

「ほう、ドワーフか」

ドワーフといったら物作り。

セドリックが難しい要求に応えられる相手としてドワーフを挙げたことを考えると、やはりドワーフは物作りに強いらしい。

「引き受けてくれるかどうか怪しいところですが……」

「なんとか頼んでみよう。どこへ行けばいい？」

「あ、でしたら私もご一緒しましょう」

こうして、俺はセドリックに案内され、ドワーフ大工団なる者たちのところへと向かうことになった。


ドワーフ大工団は王都で幅を利かせる物作りドワーフ集団の一つであり、その拠点はドワーフたちが集まったドワーフ街——右を見ても左を見ても、背の低いガチムチ髭《ひげ》モジャばかりという恐るべき地区にあった。

それは、さすが大工団と唸《うな》らざるを得ない立派な木造建築物。実に大したものだ。俺が森に建てたログハウスなど比べることもおこがましい。勝《まさ》っているところがあるとすれば、使われている木材の入手難易度と強度くらいのものだろう。

「明日までに専用の屋台だぁ!?　できるかボケェ！」

大工団拠点の工房。

作業中のドワーフ大工たちが立てる騒音をかき消すような大声で罵声《ばせい》を浴びせかけてきたのは、大工団の頭領たるドワーフ――ドルコであった。

ドルコは厳《いか》つい顔をした髭モジャで……ってドワーフの男はどいつもこいつもそんなんだからいまいち区別がつかないな。

しかし要望を伝えたらいきなり怒鳴られるとは、なんと接客態度の悪い髭モジャであろうか。

だがドワーフの職人というものは、得てして偏屈な気難しいツンデレと描かれるもの。

きっとドルコもそうに違いない。

「簡単に絵を描いてきた。こういう感じで頼みたいんだが……」

「なに普通に説明始めてんの!?　今言ったこと聞いてたか!?」

「もちろん。気にしてないから大丈夫」

「気にしろよ!?　無理つってんだからよぉ！」

「どうしても無理か？」

「暇なら話を聞いてやってもいいが、ほかの仕事がある。こんな急な話をねじ込んで予定を狂わせるわけにはいかねえ」

「そうか……」

腕のいい職人となればそりゃ依頼が多いのも当然だ。

となると……困ったな。

「頼むとしたらどれくらいかかる？」

「夏だな」

話にならん。

原価の設定など、アイルにやることがあるにしても、さすがにそれは先すぎる。

「これはもう頑張って自作するしかないか。頼んだところで作れるかどうかわからんし……」

「ああん!?」

俺の呟《つぶや》きに、ドルコが凄《すご》む。

「儂《わし》らに作れん屋台なんぞあるかぁボケェ！」

「本当か？」

「こんのボケは……。ええい、ちょっとその絵見せてみぃ！」

構造図を引ったくり眺め始めるドルコ。

俺は横から何をする屋台なのかを説明する。

「ふん？　鳥を油で……？　油煮とは違うもんか？」

「ぜんぜん違う。まあ食ってみろ」

何を作るための屋台かを知ってもらうため、俺は『猫袋』からアイルが揚げまくったカラアゲを山盛りで提供。

するとドルコは眉間に皺《しわ》を寄せて言う。

「お前、あらかじめ調理したものを、そうやって出して販売すればいいんじゃないか？」

「屋台は俺がやるんじゃないんだ」

「ああ、そうか。そりゃ収納魔法使える魔導師が、屋台で鳥料理を売るとか訳わからんしな」

ひとまず納得したらしく、ドルコはカラアゲを一つつまみ、ひょいっと口に放り込む。

「ほう、ウマい！　こいつはなかなかウマいぞ！」

ずっと厳つかったドルコの表情がちょっとやわらぐ。

よかったなアイル、お前が作ったカラアゲの評判は良いぞ。

「しかしこいつは酒が欲しくなるな……」

ドルコがひょいひょいカラアゲを食べていると——

「ほう、どれどれ」

「酒に合うと聞いてはじっとなどしておれん」

周りで作業していたドワーフたちが仕事をほったらかしてわらわらと集まってきた。

すごい髭モジャ密度だ。

「おお、確かにウマいわい！」

「酒が欲しいのう……」

「うむ、酒が欲しい」

カラアゲを食べたドワーフたちが、誰も彼も酒が酒がと呟く。

そこで俺はご機嫌取りにキンキンに冷えたビールを追加で提供することにしたのだが……これがマズかった。

気づけばどこから湧いてきたのか、ドワーフが大集合して宴会が始まっていた。

そしてその宴会は拡大の一途を辿《たど》っている。

すでに工房は髭モジャ超満員状態で、外の通りも話を聞きつけて集まったドワーフで埋まっている状態だ。

「「「「がははははは！」」」」

バキュバキュと音を立てながらカラアゲをビールで流し込みバカ笑いするドワーフたち。

ドルコは同業他業の親方たちと集まって騒ぎ、そこに巻き込まれたセドリックはちょっとたいへんそうだ。

すでにアイルが揚げたカラアゲはきれいに消費され、俺が創造することでまかなっている。

大皿に山となったカラアゲも、樽《たる》で用意するビールも、創造する端から近くのドワーフに担ぎ上げられ、隣のドワーフさらに隣のドワーフへと、密集するドワーフたちの頭上を滑るように運ばれていく。それは女性にいいところを見せようと海に出た陸《おか》サーファーが潮に流され、大海へと儚《はかな》く旅立っていくようでもあった。

「う〜ん……」

提供しておいてなんだが、俺はなにも宴会を始めさせたかったわけではない。

胸に去来する虚《むな》しさは、きっと特産品祭りで試食試飲をするだけして、何も買わずに去っていく客に対して販売員が抱くような気持ちだろう。

つか、こいつら仕事はいいのか？

仕事ほっぽり出して宴会に興じるドワーフどもに疑問を感じ、いいかげんここらで供給をストップすることにした。

「じゃ、ここらでお開きなー」

「「「「……ッ!?」」」」

途端、大騒ぎしていたドワーフたちがピタリと動きを止める。

「おま、こんな中途半端な、おま、ふざけんなよ!?」

わなわなと震えながら言うのは、つい先ほどまで上機嫌でいたドルコである。

「いやふざけんな言われても……。こっちはどんな料理か知ってもらうために出しただけだし、ビールはおまけだし」

どうしてこのまま満足するまで宴会を続けられると思ったのだろうか、この髭モジャは。

「あとはほら、この屋台ができてから、客として来たらいいんじゃない？　夏だっけ？　冷たいビールが美味しい季節だよな」

この言葉に、ドワーフたちがざわめく。

「夏!?　夏ぅ!?　今は春じゃぞ!?　夏ぅ!?」

「はわわわ、無理じゃ……。そんなの無理じゃ……。苛立《いらだ》って髭をむしり尽くしてしまうわ、そんなもん……」

「た、頼む、せめて満足するまで！　いくら、いくらじゃ！　払うから言ってくれ！」

なんかドワーフたちが恐慌をきたし始めた。

だが俺としてはどうでもいいので、親方たちに付き合わされへろへろになっているセドリックを回収して帰ることにした。

「それじゃ」

「待て待て待てぇい！」

帰ろうとする俺を必死の形相で親方の一人が止める。

「おいドルコ！　まずいぞ、こいつ駆け引きとかでなく本気で帰る気じゃ！　なんとかするぞ！

いや、なんとかせにゃならん！

「そうじゃそうじゃ！　酒盛りを中断されるなんぞ、よそに知られたらいい笑いものじゃぞ！　なにより、こんな中途半端な宴《うたげ》はドワーフの矜持《きょうじ》に反するわ！」

「屋台の一台や二台、全員でかかればなんとかなるじゃろ！」

なんか親方たちがちょっと必死にも思える様子で話し合いを始めた。

ふむ、これはなんとかなりそうかな？

＊＊＊

結局、ドワーフたちは屋台を三日で製作してくれた。

その支払いとして『宴会の続き』を希望されたので、俺は一晩丸々ドワーフたちにツマミと酒を提供し続けるマシーンとなった。

「何かあれば来い、最優先でやってやるぞ！」

思う存分飲み食いしたドルコは上機嫌でそう言った。

やはりツンデレだったようだ。

こうして移動式屋台を手に入れた俺は、さっそく宿屋に持って帰ってアイルに使い方を教え、後日、宿屋の面子を客に見立ててのトレーニングを行った……のだが、ここに屋台製作に関わったドワーフたちが使い心地の確認に来たものだからさあたいへん。

まあ、アイルにはいいトレーニングになったのではないだろうか。

そして過酷なトレーニングを行った翌日の早朝。

森ねこ亭の面々がみんな玄関に集まり、青空市へ向かうアイルを見送る。

アイルはいつもの奇抜な格好に加え、今日はねじりハチマキをしている。その表情はやや緊張で強張《こわば》っているが、やってやるという確かな決意と、ようやく第一歩を踏み出すことへの喜びも同時に見せていた。

「じゃあ、行ってくるぜ！」

皆の声援を受け、アイルは『鳥家族』と看板が掲げられた屋台を引いて出発する。

俺たちはそれを見送るが……。

なんだろう、アイルが通り過ぎた近所の物陰や路地から、のっそりとドワーフが姿を現し始めた。

一人や二人ではない。増える。どんどん増える。

現れたドワーフたちはイスやらテーブルやらを抱えており、黙ったままひたひたと屋台の後ろを付いていく。

その様子はちょっとしたホラーであり、見送る俺は胸中で『頑張れ！』とアイルに声援を送ることしかできなかった。

閑話2　アイウェンディル

オレの名はアイウェンディル。グロールソロンの里のエルフで歳《とし》は二十八。

オレとしてはもう一人前のつもりなんだけど、エルフとしてはまだまだ子供扱いされちまう。

オレの名前は族長やってる曽祖《そうそ》の爺《じい》ちゃんが決めた。

古いエルフの言葉で『鳥を愛する者』を意味する。

その名の通り、オレは鳥が大好きなエルフに育った。

そんなオレの夢は、世界を巡っていろんな鳥を食べることだった。

でもそうなると里を出なきゃならない。

お願いしても許可は下りなくて、こりゃ百歳くらいまで我慢かなー、って思ってた。

でもある日、なんかあっさり旅に出る許可が下りた。

よくわかんねえけど、守護幻獣のグロールソロン様が許可してくれたとかなんとか。

んー？　ま、いっか！

里を出られるのは都合がいい話だから、余計なことをしつこく尋ねて許可が取り消しなんてことになったら目も当てられねえ。

オレはすぐに旅の準備を始めて、整ったところで里を出た。

まず目指したのは、ユーゼリア王国っていうちょっと離れたところにある小国だ。

お目当てはその国の隣にあるアロンダール大森林。

もっと言えばそこに棲《す》む鳥たちなんだけどな。

魔境とも言われるアロンダール大森林は魔素が豊富な地域で、そういう場所にいる動物はウマい。きっとそこにいる鳥たちは、これまでオレが食べた鳥よりもずっとウマい、そう考えていた。

とはいえ、大森林は濃い魔素の影響を受けた魔獣がひしめく危険地帯。

そんな場所にいきなり突撃するほどオレは馬鹿じゃない。

まずは冒険者として活動しつつ生活基盤を整え、落ち着いたところで経験を積むことに集中、でもって充分な実力が備わったところで挑戦することにした。

ユーゼリア王国の王都に到着したオレは、さっそく冒険者ギルド第一支部で冒険者登録を行い、その後は地道に依頼をこなした。

はっきり言って、下級冒険者の仕事はオレには簡単すぎた。

特に採取や狩猟なんて、里でさんざんやっていたこと。

逆に都市内での『簡単な仕事』のほうが面倒で難儀するくらいだった。

冒険者を始めて一年もすると、オレの等級は銀級にまで上がった。

もともと実力があるんだから当然の話だが、第一支部の支部長はさすが期待の新人だって褒める。

最初は「はんっ、エルフか」みたいな顔してやがったクセに、調子のいい奴だぜ。

支部長はいずれオレがこの王都で知らぬ者はいない冒険者になるだろうと言うが、なかなか簡単な話じゃなさそうだ。

それは引退しているにもかかわらず、有名な元冒険者が二人もいやがるせいだ。

普通に考えれば、そいつらを超える名声を手に入れることでオレのほうが上だって認められるんだろうけど……回りくどいんだよなぁ。

手っとり早いのはそいつらに勝負を挑んで勝つことだろう。

でも二人のうちの一人、ルデラは第二王子と結婚して王家の一員になってる。さすがに喧嘩《けんか》を売るのは厳しい。それくらいオレでもわかる。

となると、相手をするのはもう一人、エレザリスだ。

こっちは冒険者からユーゼリア騎士団の副団長になったらしい。

聞けばユーゼリア騎士団は門戸が広く、実力があればすぐに仲間入りできるどころか騎士にすらなれるらしい。

これなら入団希望と称して殴り込みをかけ、騎士たちをばったばったと薙《な》ぎ倒していけば、いずれ副団長が出てきて戦うことができるだろう。

この方法に問題があるとすれば、エレザリスが只人《ただびと》ってことかな。

エルフと違って、只人はすぐ老いる。

急がないと、婆《ばあ》さんになったエレザリスと戦うことになっちまう。

婆さんイジめたってなんの自慢にもなりゃしねえ。

対決は近いうち……来年か、厳しいなら再来年か。

まあそんなわけで、オレはエレザリスとの対決を目標に仕事をこなしながらも訓練をする毎日だった。

が、ある日、遠出から戻ったオレは活《い》きのいい新人が現れたという話を耳にした。

なんでも猫を使い、大勢の冒険者たちをまとめてやっつけたらしい。

……猫？　よくわかんねえが……まあすごい魔猫《まびょう》を従魔にしてるんだろう。

通り名も『猫使い』だしな。

で、その『猫使い』なんだが、どうやら第八支部所属みたいだ。

第八支部か……いい評判は聞かねえな。

冒険者の支部ってのは、所在する地区によって特色が出る。

これといった特色もなく、まして行政の目が隅々まで届かない荒廃地区が近い第八支部は、気の毒だけど支部の中で一番程度が低いと言わざるを得ない。

裕福な地区にある支部には当然割のいい依頼が集まり、それが目当てで冒険者も集まる。でも割のいい依頼を受けられるのは、等級が上の奴で、あぶれた連中は格下の支部へと流れていく。

割のいい依頼や優秀な冒険者は上へ上へ、割に合わない依頼や実力のない冒険者は下へ下へってわけだ。

この自然と生まれた流れにおける第八支部の立ち位置は、落ちに落ちていった冒険者の吹き溜《だ》まりってことになる。それなのに、第一支部でも噂《うわさ》されるような新人が現れた？

気に入らねえぜ。

オレでもまだ他の支部の奴らに噂されるほどじゃねえってのによ。

これはエレザリスより先に、決着をつけなきゃいけない奴が現れたようだ。

オレはすぐに第八支部へと向かった。

＊＊＊

オレは学んだ。情報はちゃんと集めないとひどい目に遭うってことを。

つか、なんだよ使徒ってよぉ〜。そういう大事なことは先に言っておいてほしかった。本気で死を覚悟したぜ。

で、その使徒で『猫使い』のケインだが、オレの知らない鳥料理をいくつも知っているらしい。

カラアゲが超ウマかったから、きっとほかの料理も超ウマい。

こりゃあなんとしても作ってもらわないとな！

となると鳥を狩りに行かないと！

オレはケインを拝み倒して、いずれはと狙っていた戦斧鳥《せんぷどり》の狩りに引っぱり出した。

まあこの狩りも色々とあったが、これでケインの鳥料理が食えるんだからどうでもいいや。

まずケインは鳥料理を二種類作ってくれた。

ただ……うーん、チキンカレーは確かにウマいけど、これ、べつに鳥じゃなくてもよくね？

あ、でも焼き鳥はよかった！　すごくよかった！

調理によって鳥の味わいがこんなに変わるのは本当に衝撃で、オレはこの驚きをみんなに伝えたいって思った。きっと、それは一種の天啓だったんだろう。

オレはすぐに鳥専門の料理人になることを決めた。

多くの人々に――いや、世界中の人々に鳥のウマさを知ってもらう。これはオレの使命なんだ。

使命に目覚めたオレは、ケインを師と仰ぎ、知っている鳥料理を教わった。

それから教わった料理を完璧に作れるよう努力した。

たぶん師匠はその頑張りを認めてくれたんだろう。ある日、オレに屋台を始めてみないかと提案してきた。

最初は戸惑ったけど、師匠の話を聞いてやってみようという気になった。

それから師匠は屋台を始めるために必要なものをすべて用意してくれた。

まさかこんなに応援してくれるなんて……師匠、オレ、頑張るぜ！

すべての準備が整ったその日、オレは師匠たちに見送られて市が開かれる広場へと向かう。

頑固者ばかりのドワーフたちに無理言って作ってもらった屋台、そこに掲げられる看板には『鳥家族』とある。これはオレが決めた。

鳥好きに悪い奴はいねえ。言ってみりゃ、鳥好きは家族。

だから『鳥家族』だ。

広場に到着したオレは、師匠が懇意にしている商人に用意してもらった場所でさっそく営業のための準備を始めた。

そしたら、なんかイスやテーブルを抱えたドワーフたちがわらわら集まってきて、屋台の周囲に陣取り始めた。

なんだお前ら!?　え？　この屋台を作ってくれた人たち？

そ、そうなのか……ありがとな！　大切に使うよ！

で……さっそく注文だって？　ああ、わかった、ちょっと待ってくれよな！

初めての客は無理を押して屋台を作ってくれた恩人たちだ。

オレは気合いを入れてカラアゲを揚げた。

まあそこまではよかったんだが……。

集まったドワーフたち、まったく落ち着きがねえ！　味わって食えとまでは言わないからさ！

つかまだ昼にもなってねえのに、宴会始めんなよ！

いやウマいウマいって食ってくれるのは嬉《うれ》しいんだけど、でもさ、もうちょっと落ち着いて……

ああ、追加な！　わかった、今揚げてるところだから……ああもう！　酒は自分で注《つ》げよ！　お前らそのまま全部飲む勢いだろ!?

っておいぃぃぃ！　それ二度揚げするために置いといたやつだから食うな！　駄目ッ！　待つの！

んで——でぇぇぇぇぇ!?

誰が酒樽《さかだる》の蓋《ふた》ぶち破ってジョッキで汲《く》み上げろなんつったぁ!?　ちゃんと捻《ひね》れば酒が出る栓が付いてんだろうが！　せっかく師匠が用意してくれた、いつも冷たい特別な樽なのに！　恩人だからって無茶苦茶していいわけじゃねえんだぞ!?

で、おめえは二度揚げする前に食うなっつうんだよぉぉぉ！

第5話　チキチキペット猛レース

カラアゲ屋台『鳥家族』は盛況なようだ。

アイルは朝早く屋台を引いて出発し、昼過ぎにはへろへろになって帰るという日々が続いている。

「くそっ、ドワーフどもめ！　オレはもっとたくさんの人に食べてもらいたいのに！　ちょっとは遠慮しろよあいつら！」

若干キレてもいるが、ともかく繁盛しているのだから、きっとこれは嬉《うれ》しい罵声《ばせい》というやつなのだろう。

「仕込みを増やせばなぜかドワーフも増えるし！　どうなってんだ！　ちくしょう、いったいどうしたら！」

ともあれ、盛況すぎてアイルは苦悩している。

ふーむ、これは屋台を増やしてのチェーン展開も視野に入れなければならないだろうか？

そうなると各屋台にはアイルの等身大人形を置くべきだろう。

ただ個性的なアイルの姿を模すとなると、白髭爺《しろひげじい》さんよりもピエロ寄りになってしまうが……まあそこは大した問題ではないか。

悪態をつくアイルを眺めながら、俺はそんなことを考えたり考えなかったり。

しかしながら、すぐには行動を起こさずもうしばらく様子を見守るつもりだ。

急な需要の高まりに対し、ほいほい増産体制を整えると需要が落ち込んだときにたいへんなことになる。

ここは慎重を期したい……。

とはいえカラアゲはまだしも、ドワーフたちがビールに飽きるとは思えないし、ドワーフの需要が落ち着けばやっとアイルの希望通り王都民への供給が始められる。ドワーフたちほどの食いつきは見込めないとしても、母数は圧倒的なのでそこそこの繁盛はすると思う。

ひとまず計画だけでも立てておくのがよいかもしれない。

となると……またヘイベスト商会を頼ることになりそうだ。

アイルの気質は商人よりも職人寄りなので、商売を広げるとなると補佐する者はどうしても必要になる。

ここに、商会の拡大という野望を抱くセドリックは上手《うま》く噛《か》み合うと思うのだが……どうか。

今回の件でヘイベスト商会は直接的な利益を得ることはできなかったものの、俺から大量に購入したガラス製品を販売することによってそこそこの利益を得ることができると思われる。

きっと相談くらいは受けてくれるだろう。

「まあ屋台については流れを見てだな。それよりも……」

アイルの屋台がどうなっていくのか、その行く末には気を揉《も》むところではあるが、今の俺にはそれよりも頭を悩ませる問題があった。

それはガラス製品を売って得た臨時収入をどうするか、という、俺の最終目的たる悠々自適に関わる問題だ。

乏しくなっていた資金が一気に回復した、それはいい。だがさすがに一生遊んで暮らすにはほど遠い金額なのだ。

「うーむ、なんとかこの金を元手に一攫千金《いっかくせんきん》といかないものか……」


などと思案に暮れていたある日。

一攫千金のチャンスは思いも寄らぬところからやってきた。

「師匠、明後日《あさって》あたり従魔ギルド主催で従魔のレースやるらしいぜ？　オレ、その日は会場になる自然公園で営業することになった」

「営業することになった？」

「あー、常連のドワーフたちが行くみたいでさ、そっちで営業してくれってうるさかったんだ。なんか勝手に許可まで取ってきたし。ほかにも屋台が出るんだから、そっち行きゃいいのによ」

アイルは面倒そうに言うが、その表情は嬉しそうだ。

ツンデレなエルフである。

「ちょっとしたお祭りみたいだからさ、嬢ちゃんたちを連れていってやったらどうだ？　たまには遊ばせてやれよ」

「遊ばせてって……」

現状、おちびーズはピクニックにキャンプと、もう遊びまくりのような気がするんだが……。

「わくわく」

「えへへ」

「……ん、ん」

つかアイルが皆のいる食堂で話したもんだから、おちびーズが集まってきて、きらきらした目で見つめてきてるし……。

「あ、そうだ。ペロって師匠の従魔だろ？　だったらペロを出場させてみたらどうだ？」

「ペロを？」

「ああ、よくわかんねえけど、ペロって強いんだろ？」

「こんな見た目だけどそこそこな」

「だったらちょうどいいんじゃねえかな。妨害ありの乱暴なレースだけど、師匠が強いって言うほどならなんとかなるだろ。優勝したらなんか貰《もら》えるらしいぜ」

「ふうん？」

景品が出るのか。

でもたかだかペットのレースだ、あまり期待はできない。

「あと従魔ギルド主催で賭博もやるんだってさ」

「――――ッ!?」

その瞬間だった。

俺の脳裏に稲妻がほとばしり、脳内電球がピカピカッと光り輝いてパーンッと砕け散った。

「賭博だと!?　本当か！」

「おお!?　お、おう、やるみたいだけど……」

急に食いついた俺に、アイルは目をぱちくり。

「ふっふっふ、そうかそうか、とうとう来たか、この時が」

俺は戸惑うアイルそっちのけで近くにいたペロをそっと抱え、子ライオンを崖から投げ捨てんとするサルのように高々と掲げた。

「ペロ、ようやくお前が役に立つときが来たぞ！」

「くぅん？」

首を傾《かし》げるペロはただただ愛くるしい。

こんな子犬がレースに出場するとして、いったい誰が賭けるだろうか？

賭けるわけがない。

そこで俺が全財産をペロに投入するとどうなるか？

配当金どっさりだ。

素晴らしい！　ようやく開けたぞ、展望が！

いよいよ始まるのだ、俺の悠々自適の生活が！

「よーし、明後日はみんなでお出かけだ！」

この俺の決定により、『やったー！』と元気のいい声が森ねこ亭に響き渡った。

＊＊＊

従魔のレースにペロを参加させると決めたその日から、よほど楽しみなのかおちびーズはそわそわ落ち着きがなくなった。

そしてこれがレース当日の朝ともなると――

「せんせ、もう行こ、行こ！」

「早く行って準備です！」

宿屋の食堂にて、気がはやるあまり今すぐ出かけようとぴょんぴょんしながら俺の手を引っぱるノラとディアは散歩が待ちきれない犬のようだ。

「待ちなさい待ちなさい。まだ早いから」

大会は午前中に受付が行われ、午後からレース開始という流れ。

こんな朝っぱらから向かうのは、レースの関係者、あとアイルのような商売人くらいだろう。

ひとまず俺は二人をそれぞれ脇に抱えて捕獲する。

「むふー」

「うあー」

大人しくなった。

ノラはまあわかるが、ディアも落ち着いたのは意外だ。

感化されているのだろうか？

「……ん、ん！」

するとペロを抱えたラウくんも仲間に入りたがる。

すでに両手が塞《ふさ》がっている俺は、仕方なくしゃがんでラウくんを肩車してやった。

結果、俺はラウくんを肩車、頭にはペロを兜《かぶと》のようにかぶり、左右の腕にはそれぞれノラとディアを抱えるというアイルとどっこいの奇抜な格好になった。

「これは……すごい！」

「ケインさん、すこし歩いてみてほしいです！」

ノラが喜び、ディアがせがむ。

俺は適性のない装備を着用したことで『動きにくい』という状態異常が発生中であったが、適当に食堂内をうろうろ、動物園の熊みたいに歩き回った。

一体何が楽しいのか、それだけでおちびーズはきゃっきゃと喜び、その様子をエレザとシセリアは微笑《ほほえ》みながら見守る。

と、そんなときであった。

「やあケイン、来た――ぶふっ」

ひょっこりシルが現れ、おちびーズを装着した俺を見て噴き出した。

「あははは！」

「なんのご用ですかねぇ……」

ぽいぽいおチビたちを解放しながら俺はうめく。

だいたい二週間ぶりくらいか？

相変わらず、森で暮らしていた頃と同じで竜のくせに威厳もなにもない気軽な登場である。

めっちゃ笑ってるし。

「あ、いや、悪い、べつに馬鹿にして笑ったわけじゃないんだ。ただ、あまりにも意外で。誰とも関わらないっ、みたいな感じだったお前が、ふふ……」

まったく、何がそんなに面白いのか。

楽しげなシルに渋い顔を見せてやる。

と――

「シルお姉さんこんにちは！」

「こんにちはー！」

「……ちわ」

「わん！」

会話の終わりを見計らい、おちびーズが挨拶。

それにエレザとシセリアも続き、シルは微笑みながら挨拶を返す。

「ああ、こんにちは。皆、元気そうでなによりだ」

と、森ねこ亭の面々とシルは旧知であったが、今は一人そうでない者もおり――

「師匠ぉー、なんかあったのかー？」

食堂が騒がしくなったからか、準備を進めていたアイルがのこのこ厨房《ちゅうぼう》から現れた。

「ん？　宿の客か？」

「いや、俺の客だ。紹介しておこう。こいつは友人のシルヴェール。アロンダール山脈に棲《す》んでる竜だ」

「シルヴェールだ。よろしく」

「ああ、よろし――く？　え？　竜？　アロンダールの？」

アイル、目をぱちくり。

そして慌て始める。

「ちょちょ、師匠？　ホントの話か？」

「本当だって」

「えぇぇ、どうして……。なんか親しげだし、どういうこと？」

「ほら、俺って森で暮らしてただろ？　それで知り合った。最初の友人なんだ」

「そ、そうなのか……」

アイルは驚いていたが、すぐにシルの前へ行くと跪《ひざまず》く。

「お、押忍《おす》、アロンダールの守護竜シルヴェール様、お目にかかれて光栄です。オレ、金色の鷲《グロールソロン》の里の鳥を愛する者《アイウェンディル》です。ちょっと前まで冒険者やってたんですけど、今はケインを師と仰ぎ、鳥専門の料理人になるべく修業中です。屋台でカラアゲ売ってます」

このアイルの挨拶に……シルは首を傾げる。

「金色の鷲《グロールソロン》の者か。だが……鳥専門の料理人？　守護幻獣が鷲《わし》なのに？　名前が鳥を愛する者《アイウェンディル》なのに？　ケイン、一応尋ねるが、カラアゲというのは……？」

「鳥肉を油で揚げた料理だ」

「そ、そうか……」

シルが何に困惑しているのか、なんとなくわかる。

アイルってもしかして故郷を追い出されたんじゃねえの？

俺はそんな疑念を抱くが……当の本人はのん気なものだ。

「師匠、師匠、姐《ねえ》さんカラアゲ知らないみたいだからさ、せっかくだし食べてもらおうぜ！」

「ん、お、おお」

カラアゲの布教に余念がない。これはもはや褒めるレベルか。ともすれば『食べてみてオバちゃん』化しそうなアイルに戸惑いつつ、俺は皿に盛ったカラアゲを創造してシルに差し出す。

「これがそのカラアゲだ。俺のいたところじゃ一般的な料理だったんだけど……こっちでは全然広まってないみたいだな」

「ふむ、カラアゲか……。妹なら知っているかもしれんな。どれどれ」

シルはカラアゲを一つつまみ、しげしげと眺めてからパクッと。

そしてもぐもぐからの――。

カッ！

「ほう、美味《おい》しいな。これは酒に合いそうだ！」

「え、そういう発想になっちゃうの？」

ドワーフと同じじゃねえか。お前いいのかそれで。

しかし若干あきれた俺など気にも留めず、シルは一つ、もう一つ、とカラアゲをひょいパクと口に運ぶ。さらには腰の魔法鞄《かばん》から大型の香水瓶みたいな豪奢《ごうしゃ》な瓶を取り出し、満たしていた琥珀《こはく》色の液体をぐびびーっと一気に呷《あお》った。

あー、ウィスキーの香りがしますねぇー。

「ふう、やはりな。だろう？」

なんでドヤ顔してるんですかね、この竜は。

いや、ここは『うーまーいーぞぉーッ！』とか叫びながら、口からビームを吐かなかったことを安堵《あんど》するべきところか？

こいつマジでビーム吐くからな。

「まあ、合う……のかな？　普通はそれを薄めたものが好まれるんだけども」

「ほほう、そうなのか」

シルは考え込み、やがて歩きだすと食堂のテーブルについた。

そして無駄に優雅な雰囲気を漂わせつつ、天板をトントンと指先で叩《たた》いて言う。

「ではそれを頼む」

「え」

「では……それを頼む……」

「はい」

気迫を感じた。

なんとしてもカラアゲに合うという酒を飲んでやろうという、抵抗を許さぬ気迫を。

これは『明日もう一度来てください。カラアゲに合うお酒を飲ませてあげますよ』とか言って誤《ご》魔化《まか》すことは難しそうだ。

先の騒動もあり、立場の弱い俺は仕方なくカラアゲの残る皿をシルの前に置き、続いてハイボールをジョッキごと創造して提供する。

「へいお待ちー」

「ほうほう、これがそうなのか」

シルは残るカラアゲをパクパク食べると、ハイボールをぐびびーっと一気飲み。

そして満足げにぷはーっと息を吐く。

「なるほど、薄いがさっぱりしているからぐいぐいいけるな。この弾《はじ》ける喉越しも良い。うん、これはなかなか」

シルはすっかりゴキゲンだ。

気に入ってもらえたことは幸いだが……これは……。

「おかわりを頼む。両方だ」

「はい……」

嫌な予感は的中し、俺はがっくりと項垂《うなだ》れる。

追加のカラアゲとハイボールを提供しつつ、俺は心の中でアイルを恨んだ。

まったく、カラアゲを食べてもらおうなんて言いだすから。

どうすんだ、これきっとしばらく続くぞ。

まだ時間的には余裕があるものの、シルの一人宴会をいつまでも続けさせるわけにはいかない。

適当なところで切りあげさせねば。

ふと見れば、お出かけしたそうなおちびーズがそわそわしている。

「そわそわ」

「そわそわー」

「……そわ」

わざわざ口でそわそわ言うという懸命なアピールまでしていた。

なんてあざとい。

でもまだ子供なので普通に可愛《かわい》い。

なんだかこのまま待たせるのは可哀想《かわいそう》な気がしてきたので、俺はいざというとき、おちびーズを鎮圧するための切り札にしようと考えていたケーキの投入を決断した。

「悪いな、これでも食べながらちょっと待っていてくれ」

用意したのは、ケーキと聞いたらまず誰もが思い浮かべるであろうイチゴのショートケーキだ。

「なにこれー！」

「これ、お菓子ですか!?　すごくきれい！」

ノラとディアはすぐにケーキに魅了され、まじまじと観察したり鼻を近づけてくんくん甘い香りを嗅いだりしている。

ラウくんはすでにイチゴをもちゅもちゅだ。

さらに俺は物欲しそうな顔をしていたエレザとシセリアにもケーキを用意し、シルの相手をしている間の、おちびーズのご機嫌取りをお願いした。

「ケイン、おかわりを頼む。酒をもっと濃いめで」

「へーい、よろこんでー」

と応えはするが、もちろん渋々である。

注文通りはイメージが難しいため、ウィスキーと炭酸水を別々に用意して３：１で作ってやる。

「うん、これだな」

なにが「これだな」だ呑兵衛《のんべえ》め。

シルはこの濃ぉ〜いハイボールがたいへんお気に召したらしく、何度もおかわりを要求。

やがて、この事態を引き起こしたアイルがぬけぬけと屋台を引いて自然公園へと出発する頃になると、シルはいい感じで酔い始めた。

「うぃー」

「出会った当初はすごく立派な奴に見えたのに……」

付き合いを重ねるごとにシルはユルくなっていき、最終的には遊びに来てはぐでぐでーっと好き放題だらけて、満足したところで帰っていくようになっていった。

竜族は本質的にはこんなものなのだろうか？

なんか勝手に崇《あが》められるから見栄張っているとか聞いたことあるし。

「んー、なんだ、文句あるのかー？　そんなこと言ったら、お前だってなー、あれだぞ、ずっと森で暮らすとか言っておいて、勝手に出ていったじゃないか。私に何も知らせずにー」

「あー、それに関しては誠に申し訳なく……」

むぅー、と不機嫌そうな顔をするシルに謝罪。

それを言われると弱いのだ。

「まったく、森にいる頃は私だけだったのに、ずいぶんと知り合いが増えたじゃないか。それになんかエルフも増えてた。次に来たときにはまた増えてるんじゃないか？　どうなんだー？」

「どうなんだ言われても、それ俺のせいじゃないし……」

「そんなわけあるかー」

むにーっと頰《ほお》を引っぱられる。

「痛いです。痛いですよ。暴力反対です」

実際はそんなに痛いわけではないが、言っておかないと怖い。

酔っているシルがうっかり力加減を間違えようものなら、俺は鬼の宴会に遭遇した爺さんのようにほっぺをもがれてしまう。

「そ、それでシル、今日は遊びに来たってことでいいのか？　まさか酒が切れたからたかりに来たとかではないよな？」

危機的状況ではあるものの、やっと酒から意識が逸《そ》れた今が対話する絶好の機会であるため、ひとまず当たり障りのない話題を振る。

するとシルは俺のほっぺを解放し、ちょっと気まずそうに視線を逸らした。

「いや、そういうわけ……うー、実はそうなんだが、聞いてくれ、違うんだ。なにも私が飲み干してなくなったわけではないんだ。うちで客人に振る舞ったら、余計なことにお裾分けをしようと母が言いだして、なら勝手に持っていけばいいものを、わざわざ私を連れていったんだ」

「は、はあ」

「そのせいでこんなに来るのが遅れたんだぞ。本当は二、三日中にまた来る気だったんだ。いや、ほら、またお前が何か騒動を起こすかもしれないだろう？」

大人しくしてるんですけどね。

そんなに信用ないのか。

「そういうわけで、酒がずいぶんと少なくなってしまってな、悪いがまた頼む」

「本当にたかりに来たとは……」

「そ、それだけのためではないぞ？　えっと……」

シルは視線をさまよわせ、ふとラウくんにこねられるペロを見て「あ」と声をあげる。

「そうだ、あの狼《おおかみ》。お前どこで拾ってきたんだ？」

「拾ってきたというか……森で懐《なつ》かれてな、餌をたかられた。半年ほど前からだったかな？」

そういえば、森でシルとペロが鉢合わせしたことはなかったな。

どっちもふらっと現れて、ふらっと去る感じだったから。

「森にいたのか？　では金狼族《きんろう》ではないか……。あいつらが棲んでるのは魔界だからな」

「ふーん？」

魔界か、そういや前に聞いたな。この世界には魔界とか妖精界とか、次元を隔てた別世界があるとかなんとか。なかでも魔界は特定の場所がこっちと地続きになっていて普通に行き来できるらしいが……俺は特に興味もないから、関わることはないだろう。

「まあわかった。酒は用意するとして……実はこれから出かける予定があってな、このままお前の相手をしているわけにはいかんのだ」

「ぬ!?　せっかく来たのにか!?」

「いや来て早々に酒飲んで酔っぱらい始めた奴がなに言ってんだ」

「むぅ……。どこへ行くんだ？」

「えっとな――」

と、俺は従魔レースについて説明してやる。

シルは恨めしげな目で俺を睨《にら》んでいたが、聞き終わったところで言う。

「わかった。私も一緒に行こう」

「え、来るの？」

「行く！　またお前が妙な騒動を引き起こすかもしれんしな！　ちゃんと見張っておかないと！」

「いやむしろ酔っぱらったお前を俺が見守る感じだろここは」

「私は酔ってなどいない！」

「こいつ、酔っ払いの常套句《じょうとうく》を恥ずかしげもなく……！」

正直、心配である。

だが大人しく帰りそうにないし、ここに置いていってもグラウやシディアの迷惑になるだろう。

「お前、ちゃんと歩ける？　大丈夫か？」

「大丈夫。まったく問題ない。もし問題があったとしても、その時はあれだ、お前に背負ってもらえばいい。いやむしろ最初から背負っていけばいいと思う。さあケイン、おんぶだ。光栄に思うがいい。私をおんぶしたことがあるのは父と母と兄と、あと祖父母と、あと……」

うん、ダメだなこれは。

＊＊＊

従魔レースの会場は自然公園の湖、その畔《ほとり》にあるユーゼリア騎士団の訓練場に設けられていた。

この公園に訓練場があることは知っていたが、こうして足を運ぶのは初めてだ。

現在、広々とした訓練場の中央には従魔ギルドの本部テントが設営され、ギルド関係者やレースに参加する従魔を連れた飼い主、そして普段目にする機会のない魔獣を見物しようと集まった人々によって人集《ひとだか》りができている。

また中央から離れた場所には屋台や露店が並ぶエリアがあり、多くの人にとってはそちらのほうがお目当てなのか、より一層のにぎわいを見せていた。

「人、いっぱい！」

「いっぱいだねー！　見てるだけで楽しくなっちゃう！」

ノラはこうした催しに直接参加するのは初らしく、人の多さにちょっとした衝撃を受けている。

一方のディアはにぎわいに浮かれてはしゃぎ、その背には人混みに慣れないラウくんがひしっとコアラの子供みたいにしがみついていた。

さらにその一方――

「うむ、にぎやかだな。たまには人の祭りを眺めるのも悪くない」

「さいですか」

俺の背にもまた、シルがしがみついていたりする。

まあこっちはおんぶなのだが。

「せんせー、まずはペロちゃんの登録に行くの？」

「ああ。でもみんなして行く必要はないからな、お前たちは屋台を見て回るといい。よし、今日は特別にお小遣いをあげよう」

俺はおちびーズに日本円感覚で五千円くらいずつお小遣いを配る。

普段であれば千円くらいだろうが、今日の俺は気前が良い。

なにしろ夕方には大金持ちになっているんだからな！

「いいか、目についたものをすぐに買うんじゃなくて、まずは値段を調べながら一通り巡って、欲しいものを計画的に買うんだ。これは買い物の訓練でもあるからな？」

「わかった！　せんせーありがとー！　好き！」

「わたしも好きー！　ありがとうございます！」

「……と。……すき」

にっこにこで、ひしっとしがみついてくるおちびーズ。

異世界に来てまさかのモテモテである。

まあ現金な気がしないでもないが、こうも喜ばれるなら悪い気はしない。

なるほど、ついつい孫にお小遣いをあげちゃう爺さん婆《ばあ》さんとか、若い娘に大金を突っ込むおっさんたちはこんな気持ちだったのか。

「ほう、優しいじゃないか」

背負ったシルが囁《ささや》く。

顔は見えないが、たぶんにやにやしてるんだろうな。

「ケイン様、では集合場所はどういたしましょう？」

「あー、そうだな……」

おちびーズの引率役になるエレザに尋ねられ、どこが集まるのに適しているか考える。

わかりやすい場所は……あるな。

「じゃあアイルの屋台にしようか。どこで営業しているかはわからないけど、たぶんドワーフが群がっていて見つけやすいはずだ」

「なるほど。ではそのように」

こうして俺たちはひとまず別行動となる。

エレザはうっきうきのおチビたちを連れて屋台群へと向かい、残る面子《メンツ》──俺とおんぶしっぱなしのシル、主役となるペロ、そして同行を希望したシセリアは受付へ向かう。

「さすがに同僚がお仕事をしているなか、みなさんと一緒に屋台巡りする度胸は私にはないのです。ただでさえ気まずいのに」

このレース、従魔が集まるとあって警備はユーゼリア騎士団が担当しており、団員であるシセリアとしては心苦しい状況のようだ。

これを役得だと割り切り、むしろ煽《あお》りに行くような気質であれば楽しめるものを、なかなか難儀な性格をしている。

「よし、そういうことならペロの抱っこ係に任命しよう」

「これで少しはお仕事をしているように見えるでしょうか……」

子犬を抱っこするお仕事か……。

ちょっと無理があるかもな。

ペロを抱っこしたシセリアと本部テントへ向かうと、まず受付で番号札を渡された。どうやら受付の際、出場従魔の健康状態の診断などで手続きに時間がかかるため、この番号が呼ばれるまで近くで待機していないといけないらしい。

「ふむ、面倒だがまあ仕方ないな」

ここで無理強いをして参加を断られでもしたら計画が破綻するため、大人しく待つことにした俺は受付のすぐ横、待機中の従魔を軽く運動させるためのスペースへと移動する。

なにやら奇異の目を向けられるのは、美人さんをおんぶした俺と、子犬を抱っこしたシセリアがちょっと場違いだからだろう。

普段なら居心地の悪い思いをするのだろうが、今の俺はそんな視線すら心地のよいものであった。

奴らは後で知るのだ。

あのとき見かけた妙な二人組（プラス一人と一匹）が、まさか優勝する従魔とその飼い主であったとは、と。

やがて退屈な待ち時間にシルがうつらうつらし始めた頃——

「けっこう強そうな従魔が多いですけど、本当にペロちゃん大丈夫なんですか？」

参加従魔を眺めていたシセリアがふと尋ねてくる。

俺は「大丈夫」と返そうとした。

だが、その時だ。

「——ッ！」

稲妻のような閃《ひらめ》きがあった。

ペロが強いのは知っている。

しかし、普段起こりえぬ『もしも』は、ここぞというときに発生してしまうのだ。

その『もしも』が起きたとき、俺の全財産は吹き飛び、経営に本気になったグラウが「今日から一ユーズ払ってもらうよ！」とか言いだしたら俺は泣きながら宿屋を出なければならなくなる。

全財産を賭けるのだ。

もはや『念には念を』など生ぬるく、競争相手の息の根を止めるほどの策を以《もっ》て臨むべきなのだ。

「くっくっく……」

「ケ、ケインさん……？」

この土壇場で『究極の策』を閃いた俺は笑いを堪《こら》えきることができなかった。

この策ならば『もしも』などという忌々《いまいま》しい運命の揺らぎが入り込む余地はない。

「えー、では次の番号を――」

と、そこで俺の番号を呼ぶ声があった。

俺はシセリアを連れ、すみやかに受付へと戻る。

「お待たせしました。それでは受付を始めますので、まずは出場する従魔の確認を行います」

「はい。出場するのはこのペロちゃん――」

シセリアは受付係の男性にペロが出場従魔であると申請しようとする。

「待て、シセリア。予定変更だ」

「はい？」

俺はシセリアの言葉を遮ると、受付係に対しちょっと身をよじる。

「登録するのは――こいつだ！」

「え？　こいつって、まさか……」

「そう、俺が背負っているこいつが出場する！」

腐っても鯛《たい》、酔っぱらっても竜。

シルがレースに出場すれば優勝は間違いなしだ。

なんたる名案であろうか！

「い、いや、あの、これは従魔の大会でして、人は出場できないのですが……」

「こいつは俺の従魔だ！」

「奴隷の間違いでは？」

「……んお？」

と、そこでうつらうつらしていたシルはハッと顔を上げる。

「なんだ、奴隷だとぉ？　私がか？　おのれ！　……ケイン、ちょっと下ろして」

シルは俺の背から下りると、よちよち横の待機スペースへ。

そしてばっと両手を広げて叫ぶ。

「見るがいい！」

ぱぁーっとシルが光に包まれ、そしてその光は巨大化。

光が消え失《う》せたあと、そこには一体の……地面にでろーんと伏した竜が！

「わたし――じゃなくて、わ、我はシルヴェール、アロンダールの山に棲む竜であるにょ！」

「「「「……………」」」」

時が止まった。

そう錯覚させるような沈黙があり、次の瞬間――

「「「「はあぁぁぁ――――――ッ!?」」」」

困惑の混じった悲鳴があがり、本部テントは騒然となった。

まあ突然竜が現れたとなれば、それも仕方ないこと。運営陣が「守護竜様来ちゃった！」とか「これどうすんの!?」とか慌てふためきながら叫び合う。

やがて、責任者とおぼしき者が現れて叫んだ。

「優勝ぉ――――――――――ッ！」

はい？

いやちょっと待て。

まだレースが始まってもいないのに、シルを優勝者にしてもらっては困る！

賭博で資金を増やすために来たのに！

「シルー！　落ち着け！　戻れ！　いや戻るのとは違うんだろうけど、ともかく人の姿になってくれ！　奴隷ってのは勘違いだから！」

「うーん？」

「みんなお前のことをすごいって思ってるぞ！　だからひとまず人の姿に戻ろうな！　このままだと、みんなびっくりしてレースが中止になっちゃうから！」

俺は必死にシルをなだめた。

一攫千金がかかっているのだ、必死にもなるというもの。

この努力が実を結び、やがてシルは人型に。

「ケインー、おんぶー」

「はいはい、しますよー、おんぶしますよー」

落ち着いてくれたのだ、おんぶくらいお安いご用。

再びシルを背負い受付へ戻ると、シセリアが運営陣に謝っていた。

「お騒がせしてごめんなさい！」

「いえいえいえ！　こちらこそ守護竜様が参加できないようなちんけな催しを開催しようとして誠

に申し訳ないばかりです、はい！」

運営陣はやや混乱しているようだが、べつに怒ってはいないようだ。

よかった、これならペロの参加も快く認めてくれることだろう。

「ふう、危なかった。もし中止されようものなら、俺としてはちょっと強引な手段を取らざるを得なくなっていただろう」

「いやそもそもケインさんの余計な思いつきが原因ですよね？」

運営陣に平謝りしていたシセリアがジト目で俺を苛《さいな》む。

さすがに「お仕事ができてよかった」とは喜ばないか。

「シセリア、人にそんな目を向けるものではないよ。ほら、これでも食べて機嫌をなおしなさい。ソフトクリームというものだ」

「冷たい！　甘い！　美味しい！」

偉大なるソフトクリームの効果は抜群。

シセリアはすっかりご機嫌となった。

その後、俺はペロの登録を済ませ、そのままペロに賭けて投票券を受け取ろうとしたところ、賭博は従魔の受付が終了したのち、出場従魔を集めてのお披露目をしてから始まるためもうしばし時間がかかると説明された。

そこで俺は一度皆と合流しようと考え、自分はソフトクリームをおかわりする権利があると主張するシセリアと共にアイルの屋台へ向かう。

予想した通り、アイルの屋台は探すまでもなかった。

屋台群からちょっと離れた位置、隔離でもされているかのようにドワーフの群れに囲まれて『鳥家族』は営業中。なぜかその様子は椰子《やし》の木が一本だけ生えているちっちゃい無人島を連想させる。ドワーフたちはさながら島の周りをぐるぐる回っている鮫《さめ》の群れだ。

「おう！　母《かー》ちゃん、おかわり頼むわ！」

ご機嫌な調子でドワーフが注文を入れる。

どうやらアイルはドワーフたちに母ちゃん呼びされているらしい。

「おう母ちゃん、こっちもじゃ！　皮揚げもな！」

「儂《わし》はバリ揚げで頼みたいのう」

「うがぁぁぁ――――ッ！　母ちゃん呼びはやめろっつうのにこのボケどもは！　ちょっと待ってろ揚げてっからぁぁぁ――――ッ！」

荒ぶるカラアゲ屋さんだ。

なんかもう、ここだけ縁日的な雰囲気から逸脱しちゃってるな。

「ケイン、下ろして」

「ん？　はいはい」

あれに交ざるか、それとも距離を置くか、どうしたものかと考えていると、ふいにシルが言う。

言われた通り下ろしてやると、シルはふらふらとドワーフの群れへ。

「おおう？　なんだ嬢ちゃん。ここは嬢ちゃんが来るような屋台じゃねえぞ！」

「がははは！　そうじゃそうじゃ！　お嬢ちゃんはもっと上品な屋台へ行くといい！」

ふらりと現れたシルに、ほろ酔いのドワーフたちが言う。

そこにアイルの怒声が。

「おいこらそこぉ！　べつに誰が来たっていい屋台なんだよ、うちは！　来る者拒まず、ふざけたこと言う奴は出禁――って姐さんじゃねえか！　ふざけんなよこの髭モジャどもが！」

アイルは大慌てで屋台から飛び出し、手近なドワーフを蹴り倒して席を空けさせる。

「ささ、姐さん、どうぞこちらへ！」

「うむ」

勧められた席に腰を下ろすシル。

周りのドワーフがいったい何事かと注目するなか、アイルは叫ぶ。

「姐さんはアロンダール山脈の守護竜だかんな！　無礼を働く奴はぶっ飛ばすぞ！」

「「「「なにぃ!?」」」」

愕然《がくぜん》とするドワーフたち。

「おお、守護竜様とは知らず、たいへんな無礼を。それで……どうしてまたこんな屋台に？」

「おいこらそこぉ！　こんな屋台言うなボケェ！」

「のごっ!?」

アイルは空のジョッキをぶん投げ、それを頭部に食らったドワーフは撃沈した。

「つたく。姐さんは客としてやってきただけだ！　でしょう？」

「うむ」

「ほらみろ。つーわけで姐さんに変なちょっかいかけんじゃねえぞ！」

そう言うとアイルはいそいそとカラアゲとビールをシルの前に用意した。

「姐さん、どうぞ！」

「うむ」

シルはさっそくカラアゲをひょいパクと口に運び、ビールをぐびびーと一気飲み。

「ええ飲みっぷりじゃ……」

「さすが守護竜様じゃな……」

その様子に感心するドワーフたち。

で──

「こりゃ儂らも負けておれんぞ！」

「そうじゃな！　守護竜様相手とはいえ、酒飲みに関しては後れを取るわけにはいかん！　飲むぞ！　皆の衆！」

「「「「おうよ！」」」」

シルに負けじとドワーフたちも自分の酒を一気飲み。

これに顔を引きつらせたのはアイルである。

「師匠！　やべえ！　これ酒が足らなくなる！　助けて！」

「へいへい」

俺は追加でビール樽《だる》を用意してやる。

「師匠ありがとな！」

「ああ、頑張れ」

本当に頑張れ。

つかずっとこんな調子じゃ、そりゃへろへろになって帰ってくるのも頷《うなず》ける。

屋台チェーン、急いだほうがいいのかな？

その後、屋台『鳥家族』で待つことしばし——。

「皆さんなかなか来ませんねー。見つけられない……はないですね」

「こんだけ目立ってるからな。きっとまだ屋台巡りしてるんだろ」

まあ楽しんでいるならそれでいい。

ただ、俺にはちょっとやることがあった。

「シセリア、俺はペロを連れてコースの確認に行くから、ここでみんなを待っててくれる？」

「ソフトクリームください」

「その返事なんかおかしくない？」

注文取りした覚えはないが……。

ひとまずシセリアにソフトクリームを与えたあと、ペロを抱えて屋台を離れた俺は訓練場のある湖畔を訪れた。

従魔レースはこの訓練場前の畔《ほとり》から出発し、湖をぐるっと回って戻ってくるというもの。そのためこの畔からは従魔たちが競い合う様子を観戦することができる。

コースの幅は水際から林側に張られたロープまで。

外れてしまうとコースアウトで失格となる。

この判定は一定間隔で待機するユーゼリア騎士団の騎士たちが行う。たぶんコースアウトした従魔をとっ捕まえるという仕事も兼ねるために騎士が担当なのだろう。

「いいかペロ、湖に入っちゃダメだぞ？　あと縄の向こうにも行っちゃダメだ。わかるか？」

「わふ」

まかせろ、と腕の中で唸《うな》るペロ。

頼もしい奴め。

「ふふ、優勝したら燻製《くんせい》肉をいっぱい食べさせてやるからな」

「──ッ!?　あうぅ～ん！　へっへっへ……！」

ペロにやる気がみなぎり始めた。

これはもう優勝は貰ったな！

そう確信を抱いた──そんなときだ。

「ちょっと、そこの貴方《あなた》」

ふいに声をかけられ、見ればそこにはドーベルマンっぽい大きな黒犬を連れた少女がいた。

歳《とし》はノラやディアに近い。ちょい上か？　黒茶の髪に青い瞳、表情は凛々《りり》しく、最近やたら好意的でゆるいお嬢さんたちと交友を続けているせいかその理性的な感じがなんだか新鮮に感じる。

かぶっているベレー帽っぽい帽子、身につけたフリルをあしらったブラウス、飾られたリボン、格子柄のスカート、どれも品が良くくたびれた感じのないものであることからして、もう明らかに良いところのお嬢さんだ。

で、どういうわけか、そのお嬢さんは俺を睨んでいる。

「まさかそんな小さな子を参加させるつもり？」

「そのつもりだが？」

「ちょっと正気？　これはただ従魔を走らせて順位を競う競技じゃないのよ？　うちのフリードより大きな魔獣も参加するの。そんな小さい子じゃ蹴り飛ばされたり、踏んづけられたりして怪我《けが》をするだけ。ううん、もしかすると怪我じゃ済まないかも。悪いことは言わないから、今からでも棄権しなさい」

少女の口調はややきつい。

だがこれはペロの身を案じての忠告、なかなか親切なお嬢さんである。

とはいえ、その忠告もペロに関しては的外れなのだが。

「あー、ご心配どうも。でも大丈夫、こう見えてこいつは強いんだ。な？」

「わふ！」

この俺とペロのやり取りに、少女は目を瞑《つぶ》って眉間に皺《しわ》を寄せる。

そして深々とため息をつき——

「はあ……フリード！」

従魔の名を呼ぶ。

すると——

「グルルルル……！」

フリードは主人の意を汲《く》み、牙を剥《む》いて唸り始めた。

普通の子犬であれば、この威嚇に怯《おび》えておしっこをちびるのだろうが、生憎《あいにく》とうちのペロはそこらの子犬とは違うのだ。

ペロはぴょんと俺の腕から飛び出し、スタッと着地すると「がるるる……！」と威嚇を始めた。

このまま威嚇合戦が始まると思いきや——

「キャウ⁉」

すぐにフリードが怯《ひる》む。

「え⁉　フリード⁉」

これには少女もびっくり。

フリードはすっかり戦意を喪失していたが、それでも少女を置き去りにして逃げ出したりしないのは立派である。

たとえペロににじり寄られ、ひっくり返ってお腹を見せての降参ポーズになろうと。

「キューン、キュゥーン……」

「がるる……！　がう！」

とどめとばかりに、ペロはフリードの首を甘噛み。

「ヒャイン！」

フリードは哀れな悲鳴をあげ、為《な》されるがままだ。

「ど、どど、どういうことなの……？」

少女が唖然《あぜん》とするのも無理はない。

こんな子犬に、はるかに大きな自分の従魔があっさり降伏するなど想像の埒外《らちがい》だ。

やがてペロが解放してやると、フリードはいそいそと立ち上がって少女にくぅんくぅん鳴きながら「怖かったよー」と顔を擦りつける。

少女はフリードの頭を抱えるように撫《な》でてやりながら、困惑気味に言う。

「ねえ、その子、いったいなんなの……？」

「わからん」

「わからん!?」

マジかてめえ、みたいな目を向けられる。

はて、前にもこんなことがあったような気がするが……まあいい。

ひとまず俺はわからないなりにペロのことを説明した。

「そ、そう、その子は大森林にいた子なの……。忠告は余計なお世話だったみたいね」

少女は苦笑しつつフリードから離れると言う。

「自己紹介が遅れたわね。私はメリア。この子はもう言ったけどフリードよ。私の使い魔なの」

「使い魔……？　従魔とは違うのか？」

「従魔は従魔ギルドに登録された魔獣全般のことだから、使い魔も従魔ね。使い魔は魔導師が使役するもの全般を指すわ」

「へー、ってことは、メリアは魔導師なのか」

「その見習いね。私、魔導学園の学生なの」

そう言うメリアはちょっと誇らしげ。もしかすると、その学園に通えることは一種のステータスなのかもしれない。

そんなことを考えていると、ペロが前足でてしてし俺の足を叩く。

なんかくれ、の合図だ。

普段なら渋るが今日の主役はペロだ。存分に活躍してもらうためにも、ここは素直に燻製肉を与えるとしよう。

「わふ！」

嬉しそうに燻製肉にがっつくペロ。

フリードはそれを羨《うらや》ましそうにじ～っと見つめている。

てろん、とよだれが垂れるほどだ。

「欲しいのか？　仕方ないな、お前にもやろう」

燻製肉を差し出すと、フリードは嬉しそうにすぐさま咥《くわ》えた。

「あ、こら、フリード！」

が、それを見てメリアがフリードを叱《しか》る。

フリードは「クゥ～ン」としょげながらも、咥えた燻製肉は離さない。

凛々しい顔してても犬は犬か。

「もう、フリードはちゃんと食事にも気を配っているんだから勝手に食べ物を与えないで。ただでさえ最近、勝手に食べ物を与える人がいてちょっと食べすぎなんだから」

「そりゃすまん」

「まあいいわ、あれくらいなら。でもなんの肉なの？　変なものじゃないでしょうね？」

「衝撃猪《しょうげきじし》だな」

「高級品じゃないの！　貴方そんなものを与えてるの!?」

「いや、自分用なんだけど、たかられるもんで……」

「たかられるって……。貴方、ちゃんと躾《しつ》けはしてる？　可愛がるのは結構だけど、従魔は幼い頃からしっかり主従関係を築いておかないと後々不幸なことになるのよ？」

「え、えっと……」

いかんな、これはお説教の気配がする。

メリアからすれば、きっと俺の自由奔放な飼育法はとても看過できるものではないのだろう。

つかそもそも、ペロを飼っている気すらないからな。

どうしよう、娘とはいかないまでも、自分の年齢の半分くらいなお嬢さんに説教されるとかさすがにつらいものがある。

「ちょっと貴方、聞いて——」

「ほいっと」

「へ？」

俺はこの状況を打開すべく、燻製肉の塊をメリアに渡す。

急に肉の塊を渡され、メリアはきょとん。

しかしフリードはすぐさま反応した。

あとペロも。

「ワフ！　ワフ！　アウアウゥ～ン！」

「わん、わんわん！　きゅんきゅ～ん！」

「あっ、ちょっ、ちょっと、貴方たち！」

フリードには後ろ足立ちでのしかかられ、ペロには足元にすり寄られてメリアは一気にてんてこ舞いとなった。

「それはお近づきのしるしだ、とっといてくれ！」

「ええ!?」

「というわけで、ペロ、そろそろ行くぞ！　お前には戻ったらやるから！　ほら！」

「あ、こらっ、ちょっと！　貴方これどこから――……ッ」

俺は急いでペロを拾いあげると、その場からすたこら退散。

メリアがなんか叫んでいたが、きっとお礼でも言おうとしたのだろう。

＊＊＊

屋台『鳥家族』に戻るとおちびーズとエレザが待っていた。

今度は俺が待たせるほうになってしまっていたが、そんなのどうでもいいとばかりにおちびーズは屋台巡りであったことを楽しそうに報告してくる。

やがて――

『開会式を始めまーす！　従魔を出場させる方はすみやかに大会本部に集合してくださーい！』

運営関係者が叫んで回り始めた。

「お、ようやく始まるようじゃな！」

「がはは、どかんと一発当ててやるわい！」

いよいよかと、酒盛りしていたドワーフたちが腰を上げてぞろぞろ移動を始める。

そんななか、ぽつーんと取り残されたのが空のジョッキを片手にテーブルに突っ伏して寝ているシルである。

森で生活している頃、ときどき見かけた光景だ。

「シルー、おーい、シルー起きろー」

「すかー……」

「こりゃダメだな」

仕方ないのでこのまま寝かせておくことにして、俺はシルの手からジョッキを回収するとクッションを創造して顔の下に敷いてやる。

「アイル、悪いけどこいつ見ててくれる？」

「わかった。気をつけておくよ」

「頼むな」

眠り姫（泥酔）をアイルに任せ、俺たちは開会式が行われる本部テントへと向かう。

その際、シセリアにはペロを抱っこして従魔のお披露目に出るよう指示をした。

「ふえ？　どうして私なんです？」

「冒険者らしき連中が多いんだ。俺のことを知ってる奴らが、俺の従魔ってことでなにかあると勘づいて賭けてくるかもしれない。可能性は低いだろうが、そういう不安定要素は潰《つぶ》しておきたい」

希望としてはペロに賭けるのは俺だけという状況にしたい。

単純に面白半分でペロに賭ける奴がいる可能性はあきらめるとしても、本気で賭ける奴はいないという状態に持っていきたかった。

その後、俺はシセリアにペロを託して皆と開会式を見学。

まずはシルを優勝を宣言した奴（やっぱり責任者だった）が設置された大きな舞台に上がって挨拶やら説明やらを行い、続けて出場従魔のお披露目が始まる。

飼い主が従魔を連れて舞台に上がり、そこで簡単な紹介が行われるのだ。

この紹介、レースを見に来ただけの客は単純に従魔を見物するだけだが、賭博に重きを置いている者どもにとってはここが賭けるべき従魔を見分けるための重要な機会となる。競馬で言うなら出走馬の様子を確認する下見所――いわゆるパドックのようなものだ。

舞台に上がる順番は登録順。

まずはやたらムキムキで立派な角を生やした牛とその飼い主が舞台に登場し、進行役の簡単な説明のあと、飼い主が一言。

「今年も優勝は貰いますよ。従魔に怪我をさせたくない人は、棄権することをお勧めしますね」

「ンモォ～」

なんでもあの牛――爆砕牛《ばくさいうし》とかいう魔獣らしい――が前回の優勝従魔のようで、牛と違いひょろっとしている飼い主は自信ありげな表情で勝利宣言をして舞台を下りた。

こうして始まったお披露目が続くにつれ博徒どもの囁きに力がこもり始め、やがては「あの従魔がよさそうだ」などと、周りに聞こえるよう大きな呟《つぶや》きをこぼす者も現れ始めた。目当ての従魔以外に賭けさせるためのしょっぱい情報戦だ。アホらしくもあるが、できることはやっておこうというその気概は嫌いではない。

そして紹介が終わりに近づいてくると、この情報戦はいよいよ白熱して大声で怒鳴り合うようなものへと変化する。

そんななか――

「儂は爆砕牛に賭けるぞ！　前回優勝したしの！」

「まあ堅いじゃろうな！　開始直後の攻撃でほとんどの従魔が恐れをなして棄権する！　儂も賭けるぞ！」

「つまらん！　それではなにも面白くないわい！　儂は別の従魔に賭けるぞ！」

ひときわ喧《かまびす》しいのがドワーフ連中である。

あいつらどこでもにぎやかだな。

と、そこで袖を引かれ、見ればラウくんが舞台を指差していた。

「……ペロちゃん」

「ん？　ああ、ようやく順番が来たのか」

舞台にはペロを抱えたシセリアが落ち着かない感じで上がっていた。

特に語るような情報はないため、進行役はペロを『将来有望な果敢な挑戦者』と紹介する。

「え、えっと、きっとペロちゃんが優勝します……たぶん」

「わん！」

いかにもな従魔たちが紹介されるなかで登場した子犬は観客の笑いを誘い、中には「あの子犬はすごそうだ！」とからかう声もあがる。

「……むぅー」

ペロが嘲笑《ちょうしょう》の的になったことにラウくんがご機嫌斜めになったため、俺はラウくんがかぶっているお出かけ用帽子をぽんぽん叩きながら言ってやる。

「大丈夫、すぐに理解するさ。ペロはすごいってな」

「……ん」

頷くラウくん。

そう、奴ら──愚かな博徒どもはすぐにペロのすごさを理解する。

そして同時になけなしの金を失うのだ。

その時、奴らはＦＸで資産を溶かしちゃった人みたいに『アヘェ』と夢見心地（悪夢）な顔を披露することだろう。

それを想像すると、俺は思わず笑みがこぼれてしまう。

博徒どもは今日はおろかしばらくの期間、失ったものの大きさに『アヘェ』しながら過ごすことになる。そして落ち着いてからも、ふとした瞬間に今日のしくじりを思い出し、唐突に『アヘェ！』して近くにいる人に不気味がられる運命なのである。


お披露目は順調に進み、総勢二十七匹の紹介が終わったところで賭博の受付が開始された。

そののち発表された配当倍率は予想通りペロが圧倒的に高いものの、それでも十倍程度に落ち着いてしまっている。

おそらくこれは俺が全財産を投入した結果だ。

希望としては百倍くらいになってもらいたかったが……従魔ギルド主催のレースではそこまで投票券の売り上げは伸びないのだろう。

一攫千金なことは確かだが、一生遊んで暮らせるほどではない。せいぜい十年かそこらだろう。

だがまあ、悠々自適に向けて前進したには違いなく、俺は満足しておくことにした。

さて、賭けの受付も終わり、いよいよレースの開始だ。

上手いこと観覧エリアの最前列を確保できた俺たちからは、飼い主に付き添われスタート地点へ誘導される従魔たちがよく見える。

従魔たちはさすがに横一列というわけにはいかず、わりと適当に集まるだけのようだ。それでも観察すると、図体《ずうたい》のでかい従魔はスタート地点の前側に集められ、小柄な従魔が後方に置かれていることに気づく。たぶん踏み潰されないようにという配慮なのだろう。

シセリアに抱えられたペロは……うん、最後尾だな。

ちょっと不利だが、あのくらいならなんとでもなるだろう。

従魔たちを見守る観客たちはにぎやかで、おちびーズのように純粋な声援を送る者もいるが多くは博徒たちによる欲塗《まみ》れの願望の声だった。

破滅する運命とも知らず、精一杯の声を張りあげている様子はあまりにも哀れで、笑いを堪えるのがたいへんである。

『それではレースを開始します！』

やがて宣言があり、設置された鐘が叩かれる。

カーンッと響く大きな音。

その直後――

「ンモモォ――――――ン！」

最前列にいた爆砕牛がけたたましく鳴き、その迫力でもって周囲の従魔を威圧する。さらに角に溜《た》めた謎のパワーを地面に叩きつけ、これにより爆弾でも爆発したように土砂が巻き上がった。

その勢いは離れている観客にもぱらぱらと土が降りそそぐほど。

間近でその衝撃を受けた従魔の中には、びっくりして逃げ去ろうとするものも出ている。

なるほど、荒っぽいとは聞いていたが、想像以上にエキサイティングなレースらしい。

だが、この程度ならまったく問題はないだろう。

俺はペロの優勝を確信していた。

が、そこに巻き上げられた小石がひゅ～と飛んできた。

でもって、ポコン、とラウくんがかぶっている帽子に命中し、その衝撃で帽子はころり。

「あうっ」

帽子を失ったラウくんはあたふたしたあと、周囲の視線に怯えたのか可愛らしい悲鳴をあげつつ頭を抱えてその場にしゃがみ込んでしまう。

瞬間――

「「「「――――ッ!?」」」」

それまではまだお祭り騒ぎだった会場に、日常から逸脱した脅威の気配が出現する。

明確な恐怖を呼び起こさせる威圧感。

発生源は――ペロだ。

「がるるるるッ！」

爆砕牛の妨害行為がラウくんに被害を与えたことに怒ったのか。

見た目は可愛らしいままだが、放たれる威圧はそこらの魔獣からはかけ離れたもの。これに当てられた従魔の多くは我先にと逃げ出し、残った数匹の従魔たちも恐怖のあまり硬直して動くことができないでいる。

そんな状況で――

「おおーんッ！」

ペロは可愛らしくも猛々《たけだけ》しく吠《ほ》え、そして動いた。

砲弾と化して一直線、迷惑な爆砕牛に渾身《こんしん》の体当たり。

ドゴッ、と。

「ウモォッ⁉」

この一撃に爆砕牛は転倒。

衝撃によろめいてではなく、ちょっと吹っ飛ばされ気味の派手な横倒しである。

体格差から考えればありえないこの展開に観客は目を剥くが、本当の驚愕《きょうがく》はこの後であった。

「がうーッ！」

ペロは倒れた爆砕牛の角に噛みつき、そのままぶるんぶるんと首を振る。犬がぬいぐるみをぶんぶん振り回すあれである。それを自分よりもはるかに巨大な爆砕牛でやったのだ。爆砕牛の巨体がびゅんびゅん風を切りながら右へ左へと振り回される様子は、目撃した観客から言葉を失わせるに充分なインパクトがあった。

そして最後。

ドスーンと大きな音を立て、爆砕牛が地面に叩きつけられる。

「ンモォ……」

ひどい目に遭った爆砕牛は弱々しくうめき、そしてぐったり。

完全に伸びてしまい、ぴくりともしなくなる。

この突然の従魔バトルに観客は相変わらず言葉を失ったままだ。

するとここでペロは爆砕牛にぴょんと飛び乗る。

そして――

「あぉ～ん！」

どうだと言わんばかりの、勝利の雄叫《おたけ》び。

と――

「ペロちゃんすごーい！」

ディアが叫び、ノラと一緒にきゃっきゃとはしゃぎだす。

これにより観客たちは我に返り、たったいま目にした思いも寄らぬ事態に対する興奮が湧き上がってきたのか感嘆の声を漏らし始め、それは最後には歓声となった。

が、しかし。

これはレースの結果とはまったく関係ない出来事である。

歓声があがり始めたところで、逃げ出さなかった数匹の従魔がこそこそっとコースを走り始めたのを俺は見逃さなかった。

「ペローッ！　走れーッ！　ペロォォォ――――ッ！　走ってぇぇ――――――ッ！」

俺は叫んだ。

だが歓声にかき消されペロには届かない。

いや、届いたか!?

ペロが爆砕牛から飛び降りて――

「ってこっちに来てどうする!?」

内心阿鼻叫喚《あびきょうかん》になっている俺など気にも留めず、ペロはこちらに駆けてくるとラウくんに飛びついてペロペロし始める。

「あ、あ、あ……」

ペロがコースから外れた。

え？　これもしかして失格？

いやいやいや、おかしい。

おかしいおかしい、これおかしい。

重大なバグが発生している。

リセットボタンはどこですか？

リセ……無いの？

いや、無いなら強引にリセットすればいいんじゃないか？

例えば湖が謎の大爆発を起こして走ってる従魔が巻き込まれるとか、そんなアクシデントが起こってしまえば？

現段階でほとんどの従魔が逃げ出している、きっと没収試合ということで仕切り直しの再スタートが行われるはずだ！

名案である！

まあ今コースを走っている従魔やその飼い主には可哀想だが……ってトップはフリードじゃねえか。

フリードかぁ……。

たぶん今メリアはめっちゃ興奮してんだろうなぁ……。

どーするよこれ。ここでぶち壊しにしちゃうのはなぁ……。

俺が悩んでいる間にも、フリードを先頭とした従魔たちはコースを駆けている。

悩んでいられる時間はそう長くない。

葛藤する俺の脳裏で悪魔が囁く。

『はっ、構いやしねえよ！　てめえそんな覚悟で悠々自適を手に入れられると思ってんのか？　ほら、やっちまいな！』

だが、だが……。

決心のつかぬ俺に天使が囁く。

『ちんけな悪さ企《たくら》んでないで働け！　創造した物を売るだけで充分な暮らしができるだろうが！　とっとと働け！』

天使、ちょっと辛辣《しんらつ》じゃない？

と、そこでなぜかシャカも囁く。

『なごなごにゃんごろおろろぅ……』

何言ってんのかわかんねえ！

「く、くぅ……くおぉぉ……！」

ああ、フリードの飼い主が邪悪なおっさんであればよかった。

人の迷惑を顧みぬ銭ゲバな薄汚いおっさんであれば、迷うことなどなかった。

だが、さすがにダメだ。あんな真っ当そうなお嬢さんを踏みつけることはできない。

「ぐぎぎぎ……」

歯茎から血が出そうなほど歯を食いしばる俺が見守るなか、やがてフリードが一着でゴールする。

この瞬間、俺の一攫千金の夢は潰《つい》えた。

「あ、あー……アヘェ……！」

喉から絞り出された己の『アヘェ』を聞きながら、俺は膝から崩れ落ちた。


スタート時の騒動で逃げ出さなかった従魔がすべてゴールしたところでレースは終了となった。

で、コースアウトしたペロはというと……やっぱり失格である。

「くぅ～ん……」

ペロはややしょぼくれているが、ラウくんのために戦ったペロを『アヘェ』が収まらない俺以外の皆は笑顔で慰め、また褒めていた。

すでに表彰式は始まっており、優勝となったフリードはメリアと一緒に表彰台に上がっている。

メリアの誇らしげな笑顔は眩《まぶ》しく、俺の目は潰れそうだ。

それから二位、三位と表彰されていき、これで終わりかと思いきや審査員特別賞としてペロが呼ばれた。

「あお～ん！　おお～ん！」

ラウくんに掲げられ雄叫びをあげるペロには観客から拍手が送られ、また運営側からは特別賞として大衆浴場の入浴券が贈呈された。

「お、俺の全財産が……お風呂……おふっ……」

こんなんなら、むしろ何もくれないほうがよかったくらいだ。

無慈悲な現実に打ちのめされた失意の俺は、もはや思考すらままならず、夢見心地（悪夢）でノラとディアに手を引かれて宿屋に戻り食堂のテーブルに突っ伏してただただ『アヘェ』する。

やがて夕方になると、ふて腐れた顔でクッションを抱きしめたシルがぷるぷる怯えるアイルと共に宿屋へ帰ってきた。

が――

「アヘェ……アヘヘェ、アヘェ……」

「どうしたお前ッ!?」

俺があまりにも『アヘェ』であったため、シルは置き去りにされたことを拗《す》ねるどころではなくなったのか心配してきた。

そこはまあ助かったのだが……。

アヘェ……。

第6話　お風呂の獣たち

「お前は実に馬鹿だな」

俺が『アヘェ』する理由を知ったシルはもはや感心するようにあきれ、そのあと自分を置き去りにしたことをくどくどと説教してきた。

やがて日が暮れてしまったので、シルは森ねこ亭に一泊することを決める。

そしたらグラウが泣き崩れた。

「うう、うおぉぉぉん！　うおおぉぉぉぉん！」

「何事!?」

突然のことだ、シルが狼狽《ろうばい》するのも無理はない。

俺とて事情を知らなければ困惑間違いなしなのだ。

「あー、気にするな。大丈夫だから」

「気にするなって、泣いてるぞ!?　大の男がものすごい泣いてるぞ!?　も、もしかして私が泊まるのが嫌なのか!?　竜だから!?」

「いやいや、違う違う。むしろ逆なんだ。お前が泊まることで宿屋は満室になる。これはこの宿屋にとって初めてのことで、快挙なんだよ」

よかった……号泣する程度で。心臓麻痺《まひ》とかで死なれたらさすがに目も当てられないからな。

その夜は『満室』をみんなでお祝いすることになったが、そこに交じるシルは俺から事情を聞いても戸惑ったままだった。


そんな記念すべき日の翌日――。

さっそくペロが獲得した入浴券を使おうという話になり、皆で大衆浴場に行くことになった。

入浴券に人数制限はなかったので、朝のうちに帰るつもりだったシルをノラとディアが熱心に誘い、結果として宿屋で留守番するグラウを除いた全員でのお出かけということに。

「いってらっしゃい」

いつにも増して穏やかな表情で俺たちを見送るグラウは、さながら悟りを開いた僧侶である。

「私、お風呂屋さんって行くの初めて！」

「そうなんだ、楽しいよー！」

先頭を行くのは繋《つな》いだ手をぶんぶん前後させるノラとディア。

その後ろにはエレザと、シディアと手を繋いだラウくん、ペロを抱っこしたシセリアで、最後尾となるのは俺とシルとアイルだ。

「あー、ひさびさにゆっくりできるぜ」

本日、アイルは開業して初となる休日で、連日ドワーフ相手の営業のためだいぶお疲れらしい。

「定期的に休みを取るようにしたほうがいいぞ？」

「そうする。師匠がたいへんだって言ってたのはホントだったよ。今日はゆっくり風呂に入って、宿に戻ったらもう一眠りすることにするぜ。師匠が用意してくれた布団は寝心地いいからなー」

宿屋の寝具はもともと薄っぺらな綿の敷き布団と毛布だったが、今は俺が創造したものに切り替わっておりアイルのみならず皆からの評判もすこぶる良い。

最初、寝心地を確かめるべく、布団にうつ伏せになったラウくんがジタバタし始めたかと思ったらそのままますやぁと眠りについたのはちょっと面白かった。

「そうか、小さな宿にしてはやけに良い布団だと思ったが、あれはお前が用意したものか」

「そういうこと。……欲しいか？」

「むぅ……。欲しい」

「なんでちょっと不服そうなんだよ」

「不服というわけではない。なんだか、すっかりお前に物をねだるようになってしまったのがちょっと情けなくてな」

「そんなこと気にしてたのか。お互い様だろ。森にいた頃はお前に色々貰《もら》ってたんだし」

あの頃はマジで何も無い状態だったからな。

そのありがたさに比べると、俺からの提供などそう大したものではない。気にせず貰っとけばいいのだ。まあ酒ばかり要求されたらちょっとどうかと思うが。


さて、こうして皆で訪れた大衆浴場。

通常、動物の連れ込みはお断りのようだが、ペロがレースで特別賞を獲得した従魔であること、あとちっこい子犬ということもあって特別に入場を許可された。

受付から奥へ進むと、そこには男女共用のくつろぎスペースがあり、飲食の販売所のほか、散髪屋さんやマッサージ屋さんが存在していた。

前にディアからちょっと聞いたときに思ったが、規模こそしょぼいものの、やはり普通の銭湯よりスーパー銭湯、あるいは健康ランドに近いもののようだ。

まだ朝の時間帯にもかかわらず、くつろぎスペースにはそれなりに人がいる。

主にそこそこ歳《とし》のいったおばちゃんたちだ。

これはあれか、喫茶店とかにたむろするような感じか。

「お母さんお母さん、わたし今日も髪切るね」

「あら、もう伸ばしたままでもいいのよ？」

「ううん、切ってもらうの楽しみだから」

そんなディアとシディアの会話。何気ないようで、ちょっと違和感を覚える。

確認してみたところ、ディアはここで切ってもらった髪をそのまま買い取りしてもらうために伸ばしていたようだ。

かつては宿屋の貴重な収入となっていたため、大事に伸ばしていたとのこと。

うん、それは『宿屋』の収入とは違うと思うな！

そんなディアの散髪を女性陣は見学するようなので、俺とラウくんは先に浴場へ向かうことにして、必要なもの――ボディソープやシャンプー、リンスを創造して女性陣に渡しておく。

これらは元の世界のごく一般的な代物だが、宿屋の面々ばかりか昨日試したシルも虜《とりこ》になり、どうしてこんないいものを隠していたのかと怒られるほどであった。

しかし、怒られても困るのだ。

俺とて創造できるとは思っておらず、なんとなく試したら創造できてしまったものなのである。

たぶん、ほぼ毎日、三十年近く使い続けてきたものだからだろう。

こうして女性陣に渡すものを渡したあと、俺とラウくんは浴場へ。

その際、ペロがラウくんに付いてこようとしたが「ペロちゃんは女の子なんだからこっちよ」とノラに捕まっていた。そう、浴場はちゃんと男女別なのである。

これには、江戸の混浴事情にびっくりしたペリー提督もにっこりだろう。


スライムは魔物だが益獣でもあり、必要がなければ退治しないというのが人々の考え方だ。もし無闇に殺していると、スライム・ガーディアンが現れて懲らしめられる、なんて話もある。

つかスライム・ガーディアンってなんやねん、という話だが、どうやらスライム・スレイヤーを倒し、絶滅寸前だったスライムを救った英雄らしい。

英雄……同意してもいいがそもそもがなぁ……。

などと、スライムについて考えてしまうのは、のろのろ動き回るスライムが当然のように浴場にいるからである。このスライムによって浴場は常に掃除され、清潔に保たれているようだ。

妖怪垢嘗《あかなめ》を飼っているようなものだろうか？

男湯の客は俺たちだけだった。

これには人見知りのラウくんも一安心で、すっぽんぽんながら堂々としたものである。

思えば、すっぽんぽんのラウくんを目にするのはこれが二度目。

一度目は森ねこ亭に案内された日の夜で、素っ裸で宿屋を駆け回る姿に唖然《あぜん》としたものである。

あの頃のラウくんはちょっと痩せ気味に思えたが、今は食事やおやつをたくさん食べられるようになったためか、ふっくらぷにぷにお肌の健康的なお子さんへと進化していた。

「さてラウくん、湯船に入る前にまずは体を洗おうか」

いつもラウくんの面倒を見ているのは一緒にお風呂に入るディアだが、今日は俺の役目。

というわけで、俺はラウくんを泡でもこもこにした。

ラウくんはラウくんで、よいしょよいしょと俺の背中を洗ってくれた。

体がきれいになったところで一緒に浴槽につかる。

ふぃー、とくつろぐラウくんだが、このままただつかるのは退屈かと、俺はアヒルのおもちゃを創造して浮かべてみた。

「……！」

ラウくんはすぐさまアヒルに興味を持ち、やがてはアヒルを沈めては浮かんでくるのを眺めるという地味な遊びを始める。

それなりに楽しそうにしているが、俺はそこにさらなる楽しみを加えるべく両手を使った水鉄砲でアヒルを攻撃してみせた。

「……!?　まほう！」

目をまん丸にして驚くラウくん。

「ふっふっふ、これは魔法じゃないんだ。やってみるか？」

「……やる！」

そこからは突発的な水鉄砲教室になった。

俺が知っている水鉄砲は二種類。

寿司《すし》を握るように一方の手をもう一方の手で握るタイプ、あと両手の指をがっちりかみ合わせてオー〇ラエクスキューションでも放つような必殺技タイプだ。

このうち、手のちっちゃいラウくんがものにできたのは必殺技タイプであった。

まあそれでも、ちょろっと水が飛ぶ程度なのだが。

「お姉ちゃんにも教えてやるといい」

「……ん！」

力強く頷《うなず》くラウくん。

このあと、二人してアヒルのおもちゃを水鉄砲で攻撃しまくった。


風呂を堪能したあとはくつろぎスペースでひと休み。

ずっとたむろしているらしいおばちゃんたちの姿はあるが、うちの女性陣はまだ入浴中のようで見当たらない。

「……はふー」

すっかり温まったラウくんは、へにょっと脱力して座っている。

お店で果実水でも買ってあげようかと思ったが、生憎《あいにく》と無一文だったのでキンキンに冷えた瓶のコーヒー牛乳を創造してあげた。

「……りがと」

すっかり俺が与えるものに抵抗がなくなったラウくんはコーヒー牛乳をまず一口飲み、ちょっとびっくりした顔をしてから、んくんくと必死に飲み始めた。

ただ急ぎすぎたせいか、頭が痛くなったらしくギュッと目を瞑《つぶ》って悩ましげな顔になってしまう。

たぶん夏にかき氷とかあげたら、同じことを繰り返すんだろうな。

こうしてラウくんと二人のんびりすることしばし、ようやく女性陣が風呂から上がってきた。

まず駆け寄ってきたのがノラとディア、あとペロだ。

散髪したディアはショートカットになっており、より溌剌《はつらつ》とした印象を受けるようになった。

俺は二人にもコーヒー牛乳を用意してやりつつ、ちょっと注意。

「一気に飲むと頭が痛くなるからな」

「ぬあっ」

「あうっ」

うん、聞いちゃいなかった。

「ししょー、オレにもくれよー」

「あ、ケインさん、私も欲しいです！」

「はいはい、ちゃんとみんなあげるから」

アイルとシセリアに急《せ》かされつつ、俺はコーヒー牛乳を提供。

「あだだ……！」

「くあー……！」

急いで飲むのはやめとけよ、と言ったのに急いで飲む。でもって頭痛に悶《もだ》える。

コントか。

とはいえおバカをやったのはここまでで、残る三名、シル、エレザ、シディアは落ち着いてゆっくりコーヒー牛乳を堪能していた。

「美味《おい》しいわね。ふふ、ケインさんが来てから、美味しいものを口にする機会が増えたから舌が肥えてしまいそう」

にこにことシディアが言うと、エレザが同意。

「確かに。ケイン様がくださるものはどれも美味しく――いえ、美味しすぎます。やみつきになってしまいますね」

「そんなにか？」

「うむ、そんなに、だな。ゴブリンのような暮らしをしていたお前がここまでの……いや、むしろこれが当たり前だったお前がよくあんな暮らしを。食べ物や飲み物だけの話ではないぞ？　見ろ」

と、シルは自分の手や腕を見せ、さらにふぁさっと髪をかき上げる。

すごくコマーシャルっぽいです。

「石鹸《せっけん》など、私はそれなりに良いものを使っていた。しかしお前が用意したものを使った今、もう以前のものでは物足りんよ」

「シルヴェール様の仰《おっしゃ》る通りですね。洗った後の肌の潤い、乾かした髪のさらさらとした手触り、これまでにない仕上がりです」

「ふふ、そうですね、なんだか若返ったような気になりますよ」

シルの言うことに同意するエレザとシディア。

おかしいな、所詮《しょせん》は俺が使っていたシャンプーとかなのに、なんでそんなすごい効果があるの？

首を捻《ひね》って考えてみたが思い当たることはなく、結局はわからず終《じま》いで顔を上げる。

と、そこで気づいた。

「……!?」

なんかおばちゃんたちに包囲されてる！

いつの間に!?　さっきまで向こうにいたよね!?

「少し、お話よろしくて？」

「え……あ、はい」

びっくりして目をぱちくりしていると、おばちゃんの一人が話しかけてきた。

「盗み聞きするつもりはなかったのだけれど、つい聞こえてしまって。なんでも、貴方《あなた》はとても良い石鹸をお持ちだとか？」

「あー、ま、まあ……」

口調こそ落ち着いているが、おばちゃんの気配は隙《すき》あらば牙を突き立てようとする獣のようであり、それは俺を包囲しているおばちゃんたちも同様であった。

「もしよろしければ、どちらで購入したのか教えてくださらない？」

購入なんてしてない。

でも本当のことを言うのはヤバいと感じた俺は、とっさにでまかせを告げる。

「へ、ヘイベスト商会の新商品……だったかな？　えへへ……」

「あら、そうなの」

そう言っておばちゃんはにっこりと笑った……まるで肉食獣が牙を剥《む》くみたいに。

「うふふ、お邪魔してごめんなさいね。――ではみなさん、行くとしましょうか」

そう告げたあと、おばちゃんはおばちゃん仲間を率い、すみやかに大衆浴場を去っていった。

「なあ師匠、まずいぜあれ。セドリックの旦那に迷惑かかんじゃね？」

「む、むぅ……」

そりゃ、無いものを出せとおばちゃん集団に詰め寄られたら迷惑に違いない。

でもって無いとわかれば、今度は俺を捜し出そうとするだろうし……。

俺は想像する。あんな感じのおばちゃんたちが押しかけてくる様子を。

そして日に日に増えていくおばちゃんたちによって、毎日毎日ボディソープ、シャンプー、リンスを提供するマシーンになる俺の姿を。

「いかんな、これ下手するとこの国から逃げ出さないといけないようなことに……」

「え!?　ケインさんどっか行っちゃうんですか!?　い、行かないでほしいです！　ずっといてほしいです！　ケインさんがいなくなったらきっとうちの宿屋潰《つぶ》れちゃいます！」

「んん!?」

なんかディアが妙なことを言う。

俺まだ一ユーズたりとも支払ってないんだけど。つか今は無一文よ？

「先生がどっか行くなら、私付いてかないと」

「ケインさんがどこかへ行くとなると、私も同行しないと」

「師匠がどっか行くならオレ、屋台引いて付いてくけど」

「おや!?」

これは宿屋の客が一気に消えますね！

不思議だ、俺はいつの間に座敷童《ざしきわらし》になっていたんだ？　それとも招き猫か？

摩訶不思議《まかふしぎ》な現実に戸惑っていると、くいっくいっと服を引っぱられる。

見ればラウくんがしょんぼりした顔で、瞳をうるうるさせながら俺を見つめていた。

「えーっと……わかった。ちょっとなんとかしてくる」


思ったよりも大ごとになりそうで、俺は慌てて大衆浴場を飛び出すと、『空飛び』でもってヘイベスト商会へ急行。

そして着弾するなりセドリックを呼びつけた。

「ケインさん、今日は——」

「ちょっと困ったことになったから助けて！」

「え!?　何事です!?」

びっくりするセドリックに急いで事情を説明し、ボディソープ、シャンプー、リンスをそれぞれ大壺《おおつぼ》にいっぱい用意した。

「ほほう！　これが女性を魅了する品ですか！」

「ああ、適当な値段で売ってくれれば——いや、あまり安すぎても買い占められるから適度に高い値段にしてくれ！　入手困難とかなんとか言って！　そのあたりの匙《さじ》加減は任せるから！」

「わかりました。お任せください」

ふう、これでなんとか取り繕うことができるだろう。

売り切れたら入荷未定と告知してもらえばいいし。

セドリック、実に頼りになる男だ。

「あ、ところでケインさん、昨日、従魔ギルドの催しでメ——」

と、セドリックが言いかけた、その時だ。

「セドリックさーん！　なんか、なんかご婦人方がものすごい剣幕で新商品を出せと詰めかけ——あ、ちょ、あぁぁぁ————ッ！」

扉の向こうから悲鳴が聞こえてきた。

くっ、もう来たか……！

「というわけであとは頼む！　では、サラバだー！」

遭遇してはまずいと、俺は窓から逃げる。

「え!?　あの、ケインさ——おうぉおおぉッ!?」

俺が脱出してすぐ、どたばたと部屋に踏み込む足音が聞こえ、続いて女性たちが騒ぐ声と、なんとかなだめようとするセドリックの声が聞こえてきた。

危ない、間一髪だった。

だが、ぎりぎりなんとかなったとも言えるだろう。

「はあ、のんびりしに行ったはずがえらい目に遭った……」

なんかもうどっと疲れた。

昨日といい今日といい、これはあれかな、俺は森ねこ亭でのんびりしているのが一番いいのかもしれないな……。

第7話　ネコを認めよ

「今度こそ近いうちに来るからな！」

そう言い残してシルは帰った。

お土産いっぱいのほくほく顔で帰った。

たぶん前回の酒と同様に、今回のお土産である日用品や生活用品で一悶着《ひともんちゃく》あってすぐには遊びに来られなくなるのだろうが、俺はそれについては何も言わず笑顔で見送った。

こうして森ねこ亭は満室ではなくなり、グラウがしょんぼり気味な翌日の午後、俺はおちびーズとお供のエレザ、シセリアを連れて自然公園を訪れ、なんだか久しぶりな魔法の指導を行う。

「水水お水ー、ざばー、ざばばー」

「えいっ！　えいえいっ！　うぅー、えいっ！」

兎《と》にも角《かく》にもまずは水を出すことから。

俺の指導のもと、ノラとディアはそれぞれ独自の掛け声をあげながら、魔法で水を生み出す感覚を掴《つか》もうとチャレンジ中。

しかしながら――

「むー、せんせー、ぜんぜん出ないよー？」

なかなか成果は見られず、しばしの後、集中力が切れたのかノラが不満げに言ってきた。

「まあさすがにな、そこまで簡単には使えないさ。俺だってなかなか水を出せなくて、そりゃあ苦労したんだ」

「そうなの？」

「ああ、最初はな」

俺はやる気に繋《つな》がればと、この世界に来てすぐのこと――極限状態での祈りがもたらした奇跡の話を聞かせてやる。

でもおしっこの感覚から魔法を会得したことについては内緒だ。

べつに恥ずかしいわけではなく、二人に自分で気づいてもらいたいからである。

こういう『気づき』って大切だと思うんだよね。

などと考えていたところ――

「あー、ケインさんはこっちに来てもう三日目でおかしかったんですね……」

ぼそりと呟《つぶや》いたのは、あろうことか我が騎士である。

「おい、そこの騎士。貴様、今日のおやつはいらないらしいな」

「うぇぇ!?　ごご、ごめんなさい！　どうかそれは許してください！　私、ケインさんのくれるおやつを食べるのが生きがいなんです！」

「生きがいとか、えらいこと言い始めたな。もうちょっと違う生きがい探したほうがよくないか？」

「夢だった騎士に強制的になってしまったせいか、人生迷子中なんです！　今は美味《おい》しいものを食べることがすべてなんです！」

「お、おう、そうか」

いかんな、この藪《やぶ》はいかん、面倒な蛇が出る。

「仕方ない。今日のところは不問としてやろう」

「ありがとうございます！　ソフトクリームありがとうございます！」

「俺がいつ注文取った!?」

まったく、地味にとんでもねえ奴だ。

余計なことを言うものだから――

「ソフトってなんだろ？」

「クリームってあの白くて甘いのだよね、ケーキの」

ノラとディアの興味がソフトクリームに向いてしまったではないか。

「甘いかな？」

「甘いといいね」

まずいことに、ソフトクリームはまだシセリアにしか食わせたことのないものだ。

いったいいかなるものかと、ノラとディアはもう魔法の訓練どころではなくなってしまう。

これはもうソフトクリームを食べさせてからでないと訓練は続けられないかなー、と思い始めたところ、ちょこちょこラウくんが寄ってきた。

でもって両手をかみ合わせ、オー〇ラエクスキューションの形にするとギュッと握る。

すると手と手の隙間《すきま》からちょろっと水が出た。

「……？　ん？　んん!?」

一瞬、ラウくんが見せた水鉄砲の意味がわからなかった。

だがすぐに気づき、おったまげる。

「ラウくん、今、水出した!?」

皆が注目するなか、ラウくんはもう一度両手をかみ合わせ、ちょろっと水を出して見せる。

あらま、これマジだわ。

つか俺が極限状態での放尿から会得したのに、ラウくんは覚えたばかりの水鉄砲で会得したの？

ちょっとスマートすぎない？　もしかして天才？

「おお、ラウくんがすごい……！」

「うわー、わたしお姉ちゃんなのに負けたー！」

「……むふー」

それぞれの反応を見せるノラとディアに、ラウくんは自慢げに胸を張る。

「むう、ちょっと先に使えたからってそんなにいばって。そんなラウくんはこうだからね！」

と、ディアはラウくんにくすぐり攻撃。

たまらずキャッキャッと声をあげるラウくん。

「私もやるー」

ここに楽しそうだとノラも参加。

二人がかりでくすぐられたラウくんはもはや立っていることもままならず、ディアとノラを巻き込んで草原に転がった。

「わふ！」

さらに遊びと思ったペロまで突撃。これにより仁義なきくすぐり合い、モフり合いが発生。

その様子はただただ微笑《ほほえ》ましい。仲良きことは美しきかな。

とはいえ、集中力のほうは完全に切れちゃったようだ。

ひとまず俺はしっちゃかめっちゃかなおちびーズが落ち着くのを待ち、おやつ休憩を宣言。

用意したのはもちろんソフトクリームで、みんなでペロペロしながら話し合うのはこの後のこと。

日暮れまでにはまだけっこう時間があるものの、今日はラウくんが結果を出し、この訓練の意義が証明されたので俺としてはもうここで切りあげてもいいと思っていた。

しかしノラとディアは粘ろうとする。

「私もう少し頑張ったらできると思うの！」

「わたしもです。なんかできるような気がします。だからもうちょっと！」

ラウくんに先を越されたのが悔しいのか、ノラとディアはこれまでになくやる気になっている。

でも意気込みばかりだと空回りするんだよね。

「んー、まあそう焦るな。このまま練習するより、今夜お風呂で水鉄砲の練習をするほうが感覚を掴みやすいと思うぞ？　そしてラウくんはむふーむふーしてお姉ちゃんたちを煽《あお》らないの」

このまま訓練を続けて『やっぱりできなかった！』となるとますますムキになりそうだったので、やはり今日はここまでとして二人を落ち着かせる。

「でも帰るにはまだ早いな。んー、たまにはちょっと遠回りして散歩でもしながら帰る？」

「うん、そうするー」

「はーい、ケインさんがまだ知らないとこに行くのがいいと思います」

「あー、そうだな。まだこの都市を把握しきってないもんな。となると……どこか行っておいたほうがいい場所とかある？」

「どこだろ？」

「どこかな？」

こてん、と仲良く首を傾《かし》げるノラとディア。

そこでシセリアが言う。

「ケインさん、神殿にはもう行きましたか？」

「神殿？」

「はい、ニャザトース様を祀《まつ》っている神殿です。ケインさんは使徒ですし、一回くらいは行っておいたほうがいいんじゃないかなーと」

「なるほど……」

確かに一回くらいはお参り（？）しておくべきだろう。

当初の予定など木《こ》っ端微塵《ぱみじん》になった異世界生活だが、なにもこれは神さまが悪いわけではないし、考えてみれば恩恵だったり安全地帯だったりと俺は助けられてばかりだ。

「うん、そうだな。そうしようか」

こうして俺たちは神殿を見学しに行くことになった。

＊＊＊

散歩がてらに訪れた神殿はなかなか立派なものだった。

考えてみれば一国の首都にある神殿だ、そりゃあ立派に決まってるというもの。

建物の雰囲気はキリスト教における石造りの聖堂に近い。少なくとも日本の神社やお寺よりはずっと近い。

とはいえ、まんま教会という雰囲気ではなく、壁に刻まれた模様にはところどころ遠目にもわかるほどの大きさで猫が躍ってるし、神殿の天辺《てっぺん》には巨大な猫の像が鎮座している。

なんというか冗談のようなふざけた——いや、愉快……ではなくて、えっと、親しみの湧く、お子さんが喜びそうな神殿である。

神殿の入り口は低木が植えられた短い石畳の道の先。

大きな扉の左右には全身鎧《よろい》の騎士が二人待機しているのだが……よく見ると騎士の兜《かぶと》には猫耳がついており、なんだか徹底してコンセプトを厳守するテーマパークのスタッフを連想させた。

「なあシセリア、向こうの二人ってお前んとこの騎士団から派遣してんの？」

「へ？　いえいえいえ！　違いますよ！　あちらは神殿騎士団の方です！　ユーゼリア騎士団よりも立派な騎士団の騎士なんです！」

「あの、シセリアさん？　それでは説明不足ですよ？」

エレザが口を挟み、続けて説明の補足をする。

「ニャザトース様を崇《あが》めるニャザトース教、一般には猫教と呼ばれるのですが、当然のごとく世界規模の最大宗教です。そしてこの猫教を守護する騎士の集団、それが神殿騎士団ですね。こちらも世界規模の組織ですから、ユーゼリアのような小国の、それも主に首都を守るためにある騎士団とは格が違うのです」

「なるほど」

「あ、ですがユーゼリア騎士団と少し似ているところもあるのですよ。神殿騎士団は優秀な人材を求めていますので、確かな実力と信仰心があれば誰でも入団を許されるのです」

「へえ、じゃあエレザも望めば入団できたりするのか？」

「わたくしは……そうですね、力量は条件を満たしていると思いますが、おそらく信仰心が……」

「あー、信仰心かー」

うん、なんかすごく納得できた。

一見すると実にメイド然としたエレザだけど、実態はまともとは言いがたい人物だから、これが信仰心となればもうお察しなのだ。

ひとまず納得した俺は、皆を連れて石畳を進む。

と、そこで——

「ん？」

にゅっ、と木々の陰から猫が姿を現した。

一匹ではない。

一匹、また一匹と姿を現し、最終的には五匹になると俺たちの進む先を塞《ふさ》ぐように横一列となりこちらへと歩きだした。

「な、なんだ？」

たかが猫であるが、その『たかが猫』が整然と隊列を組んで近寄ってくるなど通常ありえることではない。

異常だ、怪異だ。

おちびーズは「猫ちゃん猫ちゃん」と喜び始めたが、俺はこのファンシーな異変に慄《おのの》くばかり。

するとここでシセリアが声をあげる。

「神殿にいる五匹の猫……まさか、親分猫たちですか!?」

「え、なにそれ？」

「えっと、王都には猫の縄張りがいくつもあるんですが、その縄張りを統括する五匹の親分猫がいるって昔から知られているんです！　神殿に棲《す》んでいるって！」

「そ、そうなのか……」

「はい、そうなんです！　うわー、私、神殿には何度も来ましたけど、見かけたことはなかったんです。それが今日はまとめて五匹。これはすごいですよ。あの猫たちは、ニャザトース様の使いであるニャルラニャテップ様のその使いであるっていう話もあるんです！」

シセリアは興奮気味で、その様子からするとあの猫たちは都市伝説として語られるような不気味な存在ではなく、むしろ吉兆を告げる瑞獣《ずいじゅう》のような存在なのだろうか？

うーん、でも見たところ普通の猫なんだよな。

けっこう歳《とし》をくってて貫禄がある。

そんな猫たちは俺たちのすぐ手前まで来ると、それまで下げていた尻尾をにょきっと立てた。

ふむ、どうやら歓迎していない、というわけではないようだ。

いやむしろこれは歓迎のために集まってきたのではないか？

そう俺が考えたとき――

「わん！　わんわん！」

うちのモフモフ代表が飛び出した。

突如躍り出た子犬、普通の猫なら逃げるなり戦闘態勢に入るなりなんらかの反応を示すものだが、親分猫たちは足を止めてじぃ～っとペロを見つめるだけだ。

猫たちは実にふてぶてしく堂々としており、ペロはこの静かな迫力に圧《お》されて足を止めてしまう。

「わんわん！　わん！　わう！」

じぃ～っと。

「がるるる！　がう！　がうがう！」

じぃ～っと。

「がう、が……きゅーんきゅーん！」

五匹の猫にただ見つめられ続けるというこれまでにない体験に、とうとうペロは恐れをなしてラウくんの足元にすがりついた。

まあ相手が悪かったな。

単純な強さでは勝るとしても、相手はちょっと妖怪っぽい猫、それも五匹だ。ムキムキのマッチョマンだってオバケに遭遇したらあられもない悲鳴をあげるのだから恥ではないぞ。

で、そんな猫たちは再びこちらに歩みだすと、どういうわけか全員俺に集まってきて、脛《すね》や太ももにごりごり頭を擦りつけ始めた。

フォロー登録ありがとうございます。

でも毛が付くんでやめてください。

「ふわー、私、猫ちゃん触るの初めてー」

「わたしも！　なんかすべすべでふわふわー！」

「……ねこちゃん」

「くぅ～ん……」

俺がごりごりフォロー登録されているのを幸いと、おちびーズは猫たちを撫《な》で始め、ペロはその様子を寂しげに見つめている。

「ケインさん、大人気ですね。やっぱり使徒様だからでしょうか」

「どうだろう……」

他に思い当たることとしては心の中に猫が棲んでいることだが、この因果関係が明らかになることはないだろう。

なにしろ相手は猫、いくら尋ねてもにゃんにゃんと返されるだけだ。

犬のお巡りさんもお手上げになるというものである。

「えーっと、歓迎してくれてるところ悪いが、俺はちょっと神殿を見に行きたいから、ほら、動くから、どいてどいて」

なんとか猫たちのフォロー登録を振り切り歩きだす。

「あ、先生、猫ちゃんたち付いてくる」

「うん、まあ猫はそんなものだ」

気分にもよるが、気に入った相手のあとを風呂だろうがトイレだろうが付いてこようとするのが猫である。

思わぬ足止めを食らいつつも、俺たちは神殿前までやってきた。

すると二人の神殿騎士が両開きの扉をそれぞれ開いてくれ、一人はそのまま神殿内へ、そしてもう一人は俺の前でうやうやしく跪《ひざまず》いた。

「使徒様、ようこそおいでくださいました」

「あれ？　俺のこと知ってるの？」

「はい、存じあげております。使徒様に関わる情報は、すみやかに神殿に伝わるようになっておりますので。――ささ、どうぞ中へお進みください」

立ち上がった神殿騎士が道を空け、俺たちを中へと促す。

付いてきた親分猫たちも一緒に神殿に入ろうとしたが、これは神殿騎士に止められていた。まだ反省期間中でしょう、とかなんとか言われている。たぶん神殿内で悪さをしたんだろう。

踏み入れた神殿の内部はやっぱり教会っぽかった。

信徒が座るための長椅子がずらっと並び、正面には象徴となる像が置かれている。

「ん？　女性の像？」

猫神の神殿なのに、一番重要な場所にあるのが足元に一輪の花が供えられた女性の像とはどういうことなのか。

俺は不思議に思いながら近づき、すぐに自分が思い違いをしていたことに気づいた。

猫はいた。

ただ女性が抱え込むように抱っこしていたので遠目ではわからなかっただけだ。

要はこれ、目を瞑《つぶ》ってくつろぐ神さまを抱っこしている女性の像ということか。

でもこの女性って誰なんだろう？

そう不思議に思っていたところ——

「ようこそ使徒ケイン様、歓迎致しますよ」

ふいに声をかけられる。

見ると神殿奥へと続く扉が開き、立派な神職のローブを纏《まと》った猫耳のご老人と、同じく神職とおぼしき猫耳の娘、あと数名の神殿騎士を率いる貴族風の男性がこちらへとやってくるところだった。

「お初にお目にかかります。わたくし、当神殿を預かる神殿長のウニャードと申します」

そう挨拶してきたウニャードは偉い神官然とした猫爺《じい》さん。

しかし髪や眉、特に灰色混じりの立派なお髭《ひげ》が実にもふもふっとしているため、俺には年を経たマヌルネコがご老人に化けているように思えてしまう。首からぶら下げているロザリオ的なものが、猫の肉球を象《かたど》っているせいでなおさらに。

「こちらの娘は私の補佐を務める祭儀官のクリスティーニャです」

「クリスティーニャです。こうして使徒様にお目にかかれたこと、たいへん嬉《うれ》しく存じます」

続いて挨拶してきた猫娘。

歳はシセリアと同じか、少し上か。灰色より銀に近い髪は長く、くりっとした瞳は青。浮かべる微笑みは実に上品。おかげで猫型獣人の少女といったら語尾に『ニャ』をつけるもの、性格は陽気で気まぐれ、そしてなにかと騒がしいという俺の先入観は打ち砕かれた。

「そしてこちらが団長のオードランです」

「オードランです。拝顔の栄に浴し、身にあまる光栄に存じます」

猫爺さん、猫娘ときて、ここで普通の中年男性になった。まあ普通とはいっても猫耳ではないというだけであり、逞《たくま》しくがっしりとした体つきで厳《いか》めしい顔つきをしているのだ、そこらの一般人とは明らかに違うご職業であることはすぐにわかる。

ひとまず向こうの挨拶はここで終わり、オードランに率いられてきた神殿騎士たちの挨拶はなしのようだ。

となると、今度はこちらのご挨拶だろう。

「えーっと、もう知っているようだけど、神さまの厚意で別の世界から移住させてもらったケインだ。俺みたいな奴は世間では使徒と呼ばれているようだけど、ホントただ移住してきただけだから、そんなかしこまらないでもらいたい。もっと普通で頼むよ」

敬われても温度差に戸惑うばかりで困るのだ。

その後、うちの面々が順番に挨拶していき、終わったところで今日訪問した理由を告げる。

気が向いたので散歩がてらなんとなく来てみたとかすごく言いにくかったけども……。

「いえいえ、どのような理由であれ、使徒様が神殿を訪ねてくださることはありがたいことなのです。このような機会でもなければ、我々は使徒様と言葉を交わすこともありませんからね」

「うん？　ああ、そう使徒がいるわけでもないからか」

「はい。さらに我々は無闇に使徒様と関わることを自粛しておりますので。浅ましく押しかけるなど、使徒様にとってはご迷惑でしょう？　中には少々度を超えた者もおりますのでなおさらに」

おや、そんな気遣いまでしてるのか。

信奉する神の使いなんて現れようものなら、保護だのなんだの言いながらとっ捕まえようとするのが信者だとばかり思っていたが、どうやら猫教の信徒たちは違うようである。

「それでケイン様、もしよろしければなのですが、あとでニャザトース様のことを聞かせてはいただけませんか？」

「ん？　ああ、話せるところだけでいいなら……つか今でもいいけど」

この訪問はただの見学、目的などないため、あとでと言われても逆に困る。

それにうちの面々も神さまのことを聞きたいようだったので、俺はウニャ爺さんの頼みを快く引き受け、スローライフに関わることは除いてその時の様子を思い出しながら話して聞かせた。

この話をうちの面々——主にノラとディアとシセリアは「へー」とか「ほー」とか声をあげながら聞いていたが、ウニャ爺さんはそっと目を瞑り、一言たりとも聞き逃さぬようにと集中して清聴、クリスティーニャは内容をせっせと紙に書き記していた。

そして話は続き、神さまが俺に恩恵を与えてくれた場面となる。

「んで神さまは自分の右前足を……こう、わかるかな、普通の猫がやるように顔の前にもっていって、肉球をペロペロ舐《な》めたんだ。でもってその肉球を俺の額にむぎゅっと押しつけたんだよ」

これで俺は『適応』を授かった。

と——

「ああ、なるほど！　そういうことだったのですね！」

突如、清聴していたウニャ爺さんがカッと目を見開いた。

「え、な、何が……？」

今の話のどこにそんな興奮ポイントがあったのか。

戸惑う俺にウニャ爺さんは鼻息も荒く語る。

「ご存知かと思われますが、使徒様は激しく感情が高ぶると額に猫の紋章が現れます！　まさに肉球の形が！　これまではニャザトース様が猫であられるため肉球なのだろうと曖昧に結論されておりましたが、ケイン様のお話によりその理由がはっきりしたのです！」

「……」

いや、猫の紋章とか、知らんけど。

え、マジで感情が高ぶると額に肉球マークが浮かび上がるの？

じゃあ俺がブチキレて自宅を吹っ飛ばしたとき、額には肉球マークが出ていたの？

「ああ、今日はなんという日なのでしょう！　長きにわたる謎が解き明かされました！　これはすぐにでも大神殿へ報告せねば！」

「うん、まあ、したらいいんじゃない？」

信徒にとっては世紀の大発見なのかもしんないけど、俺にとっては実にどうでもいい話だ。

でもまあ、喜んでいるようだし、気まぐれでも訪問した甲斐《かい》はあったのかな？

そんなことを思っていたところ――

「ケイン様……」

「ん？」

なにやらうっとりした顔のクリスティーニャが俺の前に立ち――。

そして言う。

「おでこをペロペロさせていただけませんか？」

「え」

「おでこをペロペロさせていただけませんか！」

「え」

「おでこをペロペロさせてくださいとお願いしているのです‼」

「聞こえてるよ！　びっくりしてたんだよ！」

突然なんだこの猫娘は。

何を言われているか理解するのに時間がかかったじゃねえか。

「ああ、そうでしたか。これはとんだ失礼を」

「いや、そのとんだ失礼よりもっととんでもない失礼あったよね？」

「まあ！　ペロペロを許していただけるのですね！」

「この反応をどうして肯定と受け取る⁉　つかなんで俺のデコなんぞペロペロしたいんだ⁉」

「もちろんニャザトース様がじかに触れられた場所だからに決まっているではありませんか！　ああ、これで私はニャザトース様の肉球を間接的にペロペロした最初の神官となるのです！」

こいつ、自分の変態性を宗教史に残そうというのか⁉

「ええい、寄るな！　寄るなこの変態め！」

「変態⁉　それは誤解です！　私にやましい気持ちなどありません！　これはニャザトース様が触れた場所を舐めたいという、ほとばしる信仰心に突き動かされての行動なのですから！」

「撫でるだけでいいじゃねえか！　なんで舐めようとするんだよ！」

「そんなの、舐めたほうが興奮するからに決まってるじゃないですか！」

「やっぱり変態じゃねえか！」

「違いますぅ！　れっきとした神官ですぅ！　変態ではありませんー！」

「黙れ、変態であることと神官であることは矛盾しない！　つまりお前は変態神官なのだ！」

「ですから変態では――いえ、もし変態だとしても、それは変態という名の淑女！　でしょう!?」

「こいつ、どこかで聞いたようなことを……！　お前が変態であろうと淑女であろうと、俺はデコを舐めさせはしない！」

「ぐぬぬ……。どうしてもですか？」

「どうしてもだ！」

「そうですか……。では！　致し方ありません！　聞きわけのない使徒様には強行手段を取らせていただきます！　さあ、神殿騎士の皆さん！　ケイン様を取り押さえてください！」

「なっ!?」

このクリスティーニャの言葉に騎士たちが動く。

そして――。

すみやかにクリスティーニャを取り押さえた！

「どど、どういうことです!?　取り押さえるのは私ではなくケイン様です！　貴方《あなた》がたは私のような神官を守るのが役目！　気を違えましたか！」

「気を違えているのは貴方でしょうが……」

あきれたように言ったのは静観していたオードラン。

さらに騎士たちもこれに続く。

「同じ信仰を抱く者たちの守護者たるが我ら！　しかし使徒様のご迷惑を顧みぬ貴方は今や異端！　従う理由も守る理由もありはしません！」

「どうして我々が貴方の味方をすると思ったのか、まったく理解に苦しみますよ！」

神殿騎士の皆さんはまともだった。

ほっとする俺に、申し訳なさそうな顔をしたウニャ爺さんが言う。

「ね？　ご迷惑でしょう？」

「まったくだよ！」

度を超えた信徒ってこいつかよ！

くそっ、まともな猫娘だと思ったのに。

こいつのせいでせっかく上方修正した猫娘のイメージは木っ端微塵、地獄の底まで下方修正だ。

クリスティーニャなんて無駄に立派な名前してやがって……。

こいつはもうクーニャで充分だ。

「ううぅ、皆さんひどい……。私はただケイン様のおでこをペロペロしたいだけなのに……。私のような美少女がペロペロなんて、そんなのご褒美なのに……。使徒様なら喜ぶはずなのに……」

あかん、こいつおちびーズの教育に悪いレベルで変態だ。

「どうかお願いです、おでこを……おでこを……」

この期に及んでもまだあきらめないクーニャ。

これにウニャ爺さんは深々とため息をついて言う。

「仕方ありませんね……。ケイン様と貴方の希望の間を取るということで……クリスティーニャ、私のおでこを存分にお舐めなさい」

「どうしてジジィのおでこなんか舐めないといけないんですかぁ――――――――ッ！」

こいつ上司にものすげえ暴言吐いてるけど大丈夫か。

まあなんにしても俺がいると収まりそうにないので――

「え、えっと、俺たちはそろそろお暇《いとま》するんで……」

「ま、待ってください！　わかりました、ひとまずおでこペロペロはあきらめます！　聞いてください！」

本当にわかったのか怪しいところだが、何か話したいようなので聞くだけ聞いてみる。

「冷静に考えてみると、突然こんなお願いをするのは失礼でした。誠に申し訳ありません。これはもうなんらかの償いをすべきだと思いますので、どうでしょう、私を身の回りのお世話をする従神官としてケイン様のおそばにおいていただけませんか？」

「あ、もう間に合ってるんで」

「え、間に合って……？」

「そこにいる騎士のシセリアがな、お世話してくれてるから」

嘘《うそ》である。

むしろ俺がおやつやらなんやら与えてお世話しているほうであるのだが、企《たくら》みが透けて見えるどころか浮き上がっているような、この猫娘のろくでもない提案を断るためには致し方ないのである。

「な？　シセリア」

「え、ええ、まあ、そういうことで――」

「この泥棒猫がぁぁぁ――――――ッ!?」

「うえっ!?　それそっち、ってのわぁぁぁ――――――ッ!?」

神殿騎士たちを振り払い、クーニャがシセリアに襲いかかる。

そして始まる、突然の相撲！

「お世話するとか言いながら、毎朝ケイン様を起こす際におでこをペロペロしてるのでしょう！　この痴女《ちじょ》め！　この痴女め！」

「あまりにもいわれなき罵倒！　私、泣きそうです！」

がっちり組み合ってシセリアとクーニャが力比べ。

これに勝利したところで得るものなどないだろうが、両者共に負けるつもりはないらしく無駄に白熱している。

これでもシセリアは騎士見習いだったわけで、普通なら同年代のお嬢さんなんてすぐにころんと転がすところ。しかし生憎《あいにく》とクーニャは獣人、身体能力が優れていると見える。そのため神官でしかないクーニャとシセリアは力が拮抗《きっこう》してしまって……いや、シセリアのほうが押されて……。

「ま、負けたくない！　さすがにこれは負けたくないのです！　なんちゃって騎士ですけど、従騎士までは頑張ってちゃんとなったのに！　こんな変な神官に負けるのはぁ――――――ッ！」

ちょっとシセリアが哀れになってきた。

これで負けたとなると、たぶん面倒くさいことになって、なぜか俺がおやつでご機嫌取りをすることになりそうだ。

ここはなんとか勝たせてやりたいが……残念ながら良い案が浮かばなかったため、いっそ勝負を中断させる方向で考える。

で、思いついたのが森でネコ科の魔獣が魅了されていたマタタビっぽい木の枝を、クーニャの足元に放り投げてみることである。

効果があるかどうかは不明だが……ほいっと。

「さあ、負けを認めなさい！　そして私と交代するのです！　なに、神殿での暮らしもそう悪いもの——の？　の、のぁ～ん！　にゃうにゃう～ん！」

効いた。すごく効いた。

飛びついた。

「にゃにゃーん！　これは私のものですにゃーん！」

「クリスティーニャ、待ちなさい！　まずはニャザトース様にお供えするために私が預かります！　さあ、そのマタタビを渡すのです！」

どうもちょっと効きすぎて、クーニャとウニャ爺さんが枝の奪い合いを始めてしまった。

オードランや騎士たちはどうしたものかとおろおろしている。

つか、あれって本当にマタタビだったんだな。

「あんなに効くとはな……」

「ケイン様、あのマタタビはどこで採取されたのですか？」

茫然《ぼうぜん》と眺めていると、エレザが尋ねてきた。

なので素直に森と答える。

「それは相当効くかと……」

どうやらあの森のマタタビは強力らしい。

ネコ科の魔獣に投げて遊ぶために確保しておいたものが、まさかこんなところで役に立つとは。

「よし、じゃあ帰るか」

これ以上、ここにいても良いことはない。

断言する。良いことはない。

争い続けるウニャ爺さんとクーニャを放置し、俺たちは申し訳なさそうな顔でいるオーランドをはじめとした騎士たちに見送られて神殿を出る。

すると、また親分猫たちが集まってきた。

お見送りかな、と思ったが、猫たちは俺たちが神殿の敷地から出てものこのこ付いてきた。

「せんせー、猫ちゃんたち付いてくるー」

「あ、もしかしてマタタビの匂いが体についちゃったからか？」

だとすると困ったな。

マタタビをあげてもいいが、普通の猫には効果が強すぎるだろう。

「んー、まあ好きにさせとこう。そのうち興味を失って神殿へ帰るだろうさ」

……と、そんなことを言った日から三日。

猫たちはまだ森ねこ亭に居座っている。

第8話　ネコと和解せよ

森ねこ亭に居座る面《つら》の皮の厚い猫ども。

ひとまず白猫はシロ、黒猫はクロ、三毛猫はミケ、サバトラはサバト、クリームはマヨと名付けた。

たぶんちゃんとした名前はあるのだろうが、そんなことは知らん。

俺はこいつらの飼い主でもなんでもないのだ。

さらに俺は猫どもをまとめた名称も考えた。

ネコネコファイブ、ボスネコーズなどの候補から、最終的には『ニャンゴリアーズ』に決定。

ああ、もちろん現実逃避だ。

このクソ猫ども、マジで森ねこ亭から出ていこうとしないでやんの。

おやっと思ったのは、ニャンゴリアーズが襲来した日の翌日だった。

初日はうっかり知らない場所まで付いてきちゃって『ここはどこ？』といった、いかにも迷い猫という体《てい》で心細そうにしていた。

これはもう神殿まで送ってやらないといけないか、そう考えたもののすでに日暮れ。外は暗くなり始めており、今からまた神殿まで出向くのは億劫《おっくう》だったので翌日へ先延ばしにした。

うん、これが間違いだったわけだ。

仕方ないのでその日は食堂の片隅にクッションやらなんやら用意して仮設のくつろぎスペースを

作り、猫用おやつのち〇～るを与えて空腹を誤魔化《ごまか》してやるなどちょっとしたお節介を焼いた。

ち〇～るを創造できたことについては、特に語るべきことはない。

俺がち〇～るの味を知る男だったという、ただそれだけの話だ。

そして翌日になると、ニャンゴリアーズの態度は一変していた。

あれほど慎《つつ》ましかったのが嘘《うそ》のように、奴らは勝手知ったる他人の家とばかりに廊下やら食堂のテーブルの上やら、人の迷惑顧みずあちこちにでーん、どてーんと横倒しになってくつろぎ、そのふてぶてしさ、図々《ずうずう》しさ、厚かましさたるや、昨日とは別の猫かと思わず目を疑うほどであった。

ここにきて、ようやく俺は『こいつら宿屋に棲《す》みつくつもりなのでは？』と危機感を抱く。

傍《はた》から見ていた者がいれば『いまさら？』と思うかもしれない。

違うのだ。

言い訳になるが、初日の段階でその可能性に気づくのは難しかったのだ。

ニャンゴリアーズはどいつも身ぎれいだった。ちゃんとブラシがけされているのか毛並みは整い、目元にヤニが溜《た》まっていたりもしない。首輪こそないものの明らかに世話を焼かれている猫で、となれば一時的に留《とど》まろうとすぐに元の棲処《すみか》へ帰る、そう考えてしまうのも自然のはずだ。

だから悪くない。

返品を翌日に延期した俺は悪くない。

それに俺は、この状況をただ指を咥《くわ》えて見ていたわけではない。

ちゃんと対処を試みた。

でろんでろんとくつろぐニャンゴリアーズを、宿屋から追い出そうとチャレンジしてはみたのだ。

ひとまず一匹、外に捨てに行こうとして、とろけるほど脱力していて抱えにくいミケをなんとか抱えて宿屋を出る。

途中、ふと思い出したのは、猫は己の死期を悟ると飼い主の前から姿を消してしまうという話。もしかしてだが、ニャンゴリアーズは死期を悟り、死に場所を求めて森ねこ亭まで来てしまったのではないだろうか？

まあ元の世界で飼っていたバカ猫は寝てた俺の顔に覆いかぶさり、死出の道連れにしようとしやがったが、さすがにあれは特異な例だと思う。

抱えたミケはぐったりしたままで、俺の予想を裏付けるように生き物としての活力が感じられない。だとするとなんだか物寂しさを感じさせる話になるのだが……それはそれ、これはこれ。お世話になってる宿屋でバタバタ死なれても正直困る。にゃんにゃんだーと喜んでいるおちびーズも突然の悲しみを受け入れるのに苦労するだろう。

ここは心を鬼にして、初志貫徹、居着かれても死なれても面倒なのでちゃっちゃと捨てに行く、これである。

最初は自然公園に捨てようと思った俺だが、せめてもの親切として神殿のすぐ近くまで行って捨てることにした。

本当は神殿に返しに行くのがいいのだろうが、あそこには美少女神官の皮をかぶった化け猫がいることがわかったのでもう訪れたくはない。

俺は人目につかない適当な場所を探し、ぐったりしているミケをそっと地面に置く。

たっしゃでな。

そう別れの言葉をかけようとした、その時だ。

シャキーンッとミケが立ち上がった。

めっちゃ元気だった。

うん、まあ知ってたけどな。

でも神殿はもうすぐそこだし、これならさすがに帰るだろう。

そう思った瞬間だ。

シュバッとミケが跳んだ。

いや、飛んだ？

唖然《あぜん》とする俺をよそに、ミケは空へと舞い上がるように近くの家の屋根に跳び乗り、そのまま跳躍を繰り返して家々の屋根伝いにびっくりするほどの速度で移動、あっという間に姿を消してしまった。

あいつ、普通の猫じゃねえぞ！

猫をかぶってやがったんだ！

不穏なのは、ミケが去った方角が神殿とは反対方向だということである。

まさかと思った俺は、『空飛び』で急いで宿屋に戻る。

すると……いた！

何食わぬ顔でノラに抱っこされてごろごろしてやがった！

どんな速度で戻ってきたんだてめえ！

俺は絶望に飲み込まれそうになったが、さすがにあんな化け猫もどきは奴だけだろうと、残りの四匹も同じように神殿近くへと捨てに行った。

結果？　んなもん語るまでもないわ。

マタタビで誘導しても、そのマタタビを咥えて帰ってくるという、常軌を逸したふてぶてしさを見せてくれた。

シセリアはニャンゴリアーズを神さまの使いの使いだとか言っていたが、この常識破りの行動を目撃した後となると、あながちただの噂《うわさ》だと断じることもできない。

こいつらはただの猫ではない。猫の形をした危機であった。

これは俺一人が頑張ってどうにかなる相手ではなく、宿屋の面々が団結して当たるべきものだ。

しかし現実は非情。

この危機をちゃんと認識しているのは俺だけであり、他の面々は好意的、おちびーズに至ってはむしろ歓迎している。

さらに困ったことに、宿屋の主人であるグラウがニャンゴリアーズのために最後の空き部屋を開放するとか言いだした。

たぶん、体が『満室』を求めていたのだ。

シルが一泊したことで実現した『満室』の悦楽が忘れられず、もう一度と求めるあまりニャンゴリアーズに部屋を提供するなどという発想へと至ったのだ。

さすがにそれはどうかと思った俺はシディアと一緒にグラウを説得し、なんとか撤回に成功。

もうこの頃になると、俺の心はすっかり疲弊しており、ニャンゴリアーズが居座ることを黙認しようと考えるようになってしまった。

何をどうやってもニャンゴリアーズは戻ってくる。

すべてが徒労、無駄なのだと、まるで敗北主義者のように諦念を抱くことになった。

いや、宿屋一家が歓迎してしまっているのだから、俺の敗北は初めから決まっていたのかもしれない。

とはいえ、ニャンゴリアーズがいつまでも宿屋に居座り続けるとは考えていない。

神殿からすればニャンゴリアーズはマスコットのような存在。それに俺の情報も把握しているようだし、そのうち引き取りに来る、そう信じた。それが救いだった。

こうなると、俺がやるべきことは一転、ニャンゴリアーズがいることを前提とした環境をすみやかに整えなければならない。

なにしろ宿屋にいる者たちのなかで、猫を飼ったことがある——そのやっかいさを知るのは俺だけなのだ。

まず俺は宿屋の各所に爪とぎ用の木材を設置した。

ちょっと爪をとぐ程度だろう、などと甘く見てはいけない。

壁なんてあっという間にボロボロにされるし、柱やタンスの角だって改めて見るとびっくりするほど削られてしまう。

次に俺は裏庭に猫用のトイレを用意した。猫は体臭が薄いものの、シッコやウンコは臭い。とても臭い。シッコはなんか薬品のようなにおいだし、ウンコは地獄のような悪臭がする。

猫のトイレはちゃんと用意しないとたいへんなことになるのだ。

幸い、ニャンゴリアーズは裏庭で用を済ます知恵があったので助かったが、それでもこのままでいいというわけではない。

馬房はもう取り壊そうか、そう呟《つぶや》くグラウに手伝ってもらいながら俺は子供用ビニールプールくらいの猫用トイレを設置。

そしてそこに敷きつめるのは、俺が創造した鉱物系の猫砂である。

元の世界では二十年近くにわたり、毎日毎日固まったバカ猫のシッコやウンコを発掘していたが……まさか異世界に来てまでとはな。

あのバカ猫は猫砂の状態が枯山水《かれさんすい》のごとくきれいでないと気に食わないのかトイレの横にウンコしやがるたわけ者だったが、ニャンゴリアーズは違うと信じたい。

爪とぎ用の木とトイレの設置が済んだ後、俺はニャンゴリアーズを集めてこれ以外の場所で爪を研いだり、用を足したりしないようにと指導をした。

猫相手になにを――と思われるのだろうが、俺はもうこいつらを普通の猫だとは思っていない。

もし一匹でも約束を破り、そこらで爪をといだり糞尿《ふんにょう》をまき散らしたりしたら連帯責任でおやつのち〇～るはなしだと宣言し、最後に確認をとった。

するとニャンゴリアーズは『みゃん！』と声を揃《そろ》えて返事をした。

こいつら、やはり……妖怪か。

まったく、気まぐれの神殿見学がこんな事態に発展するとは。

あまり誰が悪いとか言いたくはないが、とりあえず神殿に行こうと提案してきたシセリアはこの問題が片付くまでおやつ抜きにした。

シセリアは泣いた。

＊＊＊

ずっと見ていられるもの。

それは海の波であったり、川の流れであったり、燃え続ける焚《た》き火であったり、複雑な動作をする機械であったり、まあ色々とあると思うが、俺がその中に加えたいのは用を足す猫だ。

猫用トイレの縁に前足をのせ、砂場にお尻が向くよう陣取り、真面目くさった顔でリトルジョー&ビッグベンに専念する猫には不思議な魅力があり、思わず事が済むその時まで眺め続けてしまう中毒性を秘め、それはきっと神秘と言っても過言ではないのだろう。

猫だらけになった森ねこ亭は、今やその神秘を目撃する絶好の場となった。

すでに、この神秘に魅入られた者が一人――。

ラウくんだ。

現在、ラウくんは神妙な顔をして用を足すクロの正面にしゃがみ込み、まるで睨《にら》めっこでもするように片時も目を離すことなく観察を続けている。

それは真理を探究する神秘学者のようであり、そんなラウくんから離れた場所で「くぅ〜ん」と寂しげに佇《たたず》むペロは、意中の相手に振り向いてもらえずストーカーと化した女性のようである。

つい先日まで宿屋のマスコットとして君臨していたペロはその座をニャンゴリアーズに追われ、この突然の転落を受け止めきれないのかやけに心細そうにおろおろするようになった。

特に仲の良かったラウくんが熱心に猫の観察をするようになったのはショックだったようで、悲嘆にくれてきゅんきゅん鳴きながらどうにかしてくれと俺にすり寄ってくるようになり、まあ要はそれで俺はこうしてラウくんの様子を見に来たというわけである。

「ラウくん、面白い？」

「……おもしろい」

「んー、まあ気持ちはわかる」

猫が毅然《きぜん》とした顔で用を足して、そのあと「あーくしゃいくしゃい」とばかりに前足で砂を集め、小山を作りあげる様子ってなんか面白いもんな。

「ラウくんずっと猫を観察してるけど、猫が好きだから？」

「……んー、出したい」

「出したい？」

「……ん、ねこちゃん」

「？？？」

ちょっと何言ってるかわからない。

観察している理由を尋ね、その答えが『出したい』だった。

そしてその『出したい』ものは『ねこちゃん』である。

「ん？　あ、もしかしてこういうこと？」

と、俺はちょっとシャカに出てきてもらう。

「にゃ！」

シャカの一声に、踏ん張り中のクロがビクッとした。

ごめんね、お取り込み中に。

「……ん！」

一方、ラウくんは力強く頷《うなず》く。

なるほど、つまり――

「ラウくんは『猫使い』になりたいと」

「……なる」

なるのか。

ってか、なれるものなのか？

俺自身、どうしてシャカが誕生したのかよくわかっていないのに。

とはいえ、ここでラウくんのやる気に水を差すようなことを言うのは躊躇《ためら》われる。せっかく魔法が使えるようになったラウくんが目標としているのだ、目的意識は大事、ここは黙っておこう。

まあそれはそれとして――

「ラウくん、犬じゃダメなの？」

「……だめ」

このラウくんの返答を聞き、ペロはしょぼぼーんと落ち込んだ。

が――

「……ペロちゃんいるから」

続く言葉に、ペロはハッと顔を上げる。

「犬はペロがいればそれでいいのか」

「……ん」

頷くラウくん。

どうやらペロに興味を失ったというわけではないようだ。

ペロは喜び、へっへっへっと足取り軽くラウくんに近寄ってきてすりすり甘え始める。

その様子を俺は温かい目で見守り、踏ん張り中のクロはちょっと迷惑そうな顔で眺めていた。


ニャンゴリアーズが居着いてすでに四日目。

俺は逐次必要になった道具を創造していったが、この中にファー〇ネーターという金属製の櫛《くし》がある。

ペット用の櫛にしてはちょっとお高い品ではあるが、使って納得、びっくりするほど毛が取れる。

これをニャンゴリアーズに試したところ、もう換毛期は過ぎているであろうに大量の毛を収穫することができた。

まとめてみると、それこそもう一匹猫が増えたような量である。

大豊作だ。

「あははー、なにこれー！」

「なにこれー！　なにこれー！」

この巨大な毛玉に猛烈な興味を持ったのがノラとディア。

まずはそれぞれもみもみして感触を確かめた後、より楽しさを求めてキャッチボールに移行、そして最終的にはこの毛玉を何かに活用できないかと二人して考え始めた。

飼い主あるあるである。

そして誕生したのが猫の毛で作られた『ネコミミ』だ。

ノラとディアはさっそくこのネコミミを頭に取りつけ——

「にゃんにゃんにゃんにゃー！」

「にゃにゃーん！　にゃん！」

楽しそうに踊りだした。

奇祭『ネコミミ祭り』の誕生だ。

生産元であるニャンゴリアーズが『何やってんだこいつら』という冷めた目で見つめていることなどお構いなし。その様子は実に楽しげであり、窘《たしな》めることに罪悪感を覚えるほど。

まあこんな調子で、ニャンゴリアーズが来てからというもの二人は浮かれっぱなしであった。

もうお勉強や訓練どころではない。

冒険者になることへの意欲は確かにある二人だが、やはり子供、目の前の楽しみに夢中になってしまうのは致し方ないことなのだろう。

「早いところ引き取りに来てくれないかな……」

とはいえ悪影響は出ているわけで、俺は神殿がニャンゴリアーズを回収しに来てくれることを切に願った。

するとその日の昼過ぎ、願いが天に通じたのか——

「ごきげんよう、ケイン様」

神殿から人が来た。

でもクーニャだった。ハズレだ。

もしかすると『ネコミミ祭り』が招き寄せてしまったのかもしれない。

あの祭りは廃止だな。

「あ、あの、ケイン様？　そんな嫌そうな顔をされるとさすがに傷つくのですが……」

やや悲しげな表情を浮かべるクーニャは実に可憐《かれん》に見える。しかしこれが擬態であるとすでに理解している俺は、その様子を見てもなんとも思わなかった。いや、むしろそら恐ろしさを覚えるくらいだ。

「うぅ、そんな無視しなくても……。確かに先日は少々取り乱してご迷惑をおかけしましたが……」

「少々……。どうも認識に差があるようだがまあいい。それより、今日は猫どもを引き取りに来たんだな？」

「はい。うちの猫たちを返していただけないかなと……」

食堂のあちこちでくつろぐ猫たちを見回しながらクーニャが言うと、ノラとディアが手近な猫をいそいそと抱え始めた。

まだネコミミをつけたままなので、その様子はまるで親猫が子猫を隠そうとしているかのようである。

「返してくれとは人聞きが悪いな。むしろ俺は神殿に返そうと努力したぞ。わざわざ抱えて神殿近くまで行ったんだ。でもあいつら、ここに戻ってきちまうんだよ」

「え!?　そんなまさか！」

どうやら本当に驚いているようで、クーニャは目をぱちくり。

「猫たちがなかなか戻ってこないのは、てっきりケイン様が気に入って引き留めているとばかり思っていたのですが……」

「ひどい誤解だ」

「そうでしたか……。しかしそうなると、少し悔しいですね」

「悔しい？」

「つまり猫たちはケイン様のそばにいることを望んだということでしょう？　これまで世話をしていた私としては複雑です」

「そうか、それでやけに面《つら》の皮が厚いふてぶてしい猫どもだったのか」

「ひどい納得のしかたされた!?」

ペットは飼い主に似るとはまさにこれだな。

「あの、ケイン様、さすがに私への当たりが強すぎません……？」

「どうしてだと思う？」

「気になるあの娘《こ》に意地悪したい、ですね？」

「……」

とりあえずアイアンクローをかけてみる。

「あだだだだ……ッ！」

こいつ、猫どもを引き取りに来たのでなければ、とっくに追い出しているというのに。

「にゃふー、にゃふー、ちょっとしたお茶目のつもりがひどい目に遭いました……」

「自業自得だ。つかすべてが自業自得だ。で、猫どもを世話していたお前なら、ちゃんと連れて帰れるってことでいいんだな？」

「それはもちろん。これまで世話していたという絆だけでなく、私にはちょっとした特技もありますから」

「特技だ？」

「はい。実は私、猫と意思疎通ができるんです。さすがに普通に会話するようにはいきませんが、猫の言いたいことがわかりますし、私の考えも猫に伝えることができるんですよ」

クーニャはえっへんと胸を張り、ニャンゴリアーズに呼びかける。

「さあ皆さん、神殿に帰りますよ」

そう言って微笑《ほほえ》むクーニャだったが、ニャンゴリアーズは不動。

まったく動く気配がない。

ノラとディアに抱えられた奴に至ってはごろごろ喉を鳴らして万全のくつろぎ態勢だ。

「あ、あれ？　皆さーん、帰るんですよー？　集まってくださーい」

めげずに呼びかけるクーニャ。

しかしニャンゴリアーズは動かず。

「ど、ど、どういう……？　わ、私これまでけっこう甲斐甲斐《かいがい》しくお世話してきましたよね？」

さすがに総シカトはショックだったのかクーニャは半泣きだ。

すると見かねたようにマヨがのろのろやってくる。

「カテラ！　貴方《あなた》は来てくれるのですね！」

ぱっと喜びの表情を浮かべるクーニャ。

が、しかし——

「にゃごにゃごにゃ、おうおうあぉーうおう」

「へ？」

どうも予想とは違ったらしく、クーニャの表情が曇る。

「美味《おい》しいおやつ？　だからみんなでここに棲む？」

「……」

おかしいな、それではまるで、俺がち○～るを与えてしまったために居座ることを決めたようではないか。

「あの、ケイン様、この子たちにどんなおやつを与えたのですか？」

「ど、どんなと言われても猫用のおやつとしか……。まあ要はおやつ欲しさに居座っているわけか。じゃあ、そのおやつをたくさん用意して神殿でも与えるようにすれば、こいつらは帰るわけだ」

「どうでしょう……。どうなのです？」

そうクーニャが確認すると、マヨは再びにゃごにゃご。

「快適なのでここに棲むと……」

「……」

おかしいな、それではまるで、俺が環境を整えたがために移住を決めたようではないか。

「強引に連れ帰ることはできないか？」

「可能と思いますが、目を離した隙《すき》にこちらへ戻ってしまうのではないかと……」

ああ、そうだな。なんせこいつらだからな、よくわかる。

「このまま居座られても、正直、面倒見きれないんだよなぁ……」

一匹でもたいへんなのに、五匹とか無理だ。

不可能というわけではないが、悠々自適が光の速さで遠のいていってしまうのが困る。

なにか良い解決策はないものか……。

「ケイン様、ひとつ提案があるのですが」

「ほう、聞こう」

「私がこの宿屋に宿泊して、この子たちの世話をするというのはどうでしょう？」

「え、そ、それは……」

と、俺が何かを言おうとした、その時だ。

「いらっしゃい！　お部屋、空いてますよ！」

シュバッと現れたグラウは疾風《しっぷう》の如し。

体が『満室』を求めていたのだ。

「……」

俺は静かに目を瞑《つぶ》り、そして天を仰いだ。

もうため息すら出てこない。

猫が猫を呼び、こうして森ねこ亭はめでたく満室となった。

第9話　出世街道真っ逆さま

森ねこ亭の猫まみれ問題が片付いた。

ニャンゴリアーズは出ていかず、さらに猫娘が追加されてしまうという致命的な結末であることに目を瞑《つぶ》れば、なのだが。

しかしながら、ニャンゴリアーズの面倒はクーニャが見るわけで、なにも俺がお世話に忙殺されるわけではない。であればクーニャというやや変質者の道に両足を突っ込んだ娘が同じ屋根の下にいるという問題はあるものの、猫がいる生活というのはそう悪いものでもないはずだ。

なにしろ、元の世界では猫カフェなる猫との触れ合いの場を提供する喫茶店が存在するくらい、猫は人々に求められていた。猫と触れ合うとき、人は不安やストレスが軽減されて安らぎを感じ、医学的には高血圧が改善するともいわれている。

さらに聞くところによれば、いずれ猫は癌《がん》に効くようになるらしい。

いや、それどころかそう遠くない未来、人は猫によって老いすら克服するとかなんとか。

さすがにイカれている。

いったい猫をなんだと思っているのか。

まあともかく、森ねこ亭が猫カフェのようになるのか、それとも多頭飼育崩壊を起こしての半廃《はい》墟《きょ》になるのか、これはクーニャの手腕にかかっている。

森ねこ亭に泊まると宣言したあと、クーニャは神殿にこのことを伝えるべく一度引き返していった。

おそらくは認められ、後日ウニャ爺《じい》さんが挨拶に来るのではと言っていたが、果たして……。

クーニャが出かけたあと、俺たちはクーニャの宿泊決定祝いと、森ねこ亭が正式に『満室』となったことを祝うための宴《うたげ》の準備を進める。

やがて夕方になったところで、大荷物を背負ったクーニャが神殿から戻った。

そして戸惑った。

「い、いったい何が始まるんです……？」

「宴だ」

「え？」

「お前が宿泊することを祝うと同時に、この宿屋がめでたく満室になったことを祝う宴だ」

「？？？」

なに言ってんだコイツ、って顔された。

ちゃんと経緯を説明しても、たぶん同じ顔されるんだろうなとわかってしまうのがちょっと切なかった。


森ねこ亭の『満室』を祝った、その翌朝。

宿屋の裏庭にはニャンゴリアーズの輪ができており、その中心では跪《ひざまず》いたクーニャが瞑目《めいもく》して天を仰ぎうにゃうにゃ言っていた。

「うにゃ、うにゃ、にゃざとおす、ごろにゃん……！　うにゃ、うにゃ、にゃざとおす、ごろにゃん……！」

「発情期か」

「ちがわい！」

呟《つぶや》いたら怒鳴られた。

が――

「あ、ケイン様でしたか、すみません」

呟いたのが俺だと知り、クーニャはひとまず立ち上がって取り澄ます。

「でもケイン様、今のはちょっとひどいですよ？」

「配慮に欠けたか」

「そうではなく……！　まず私は発情などしておりません。――ってどうしてそんな疑いの目を向けるのですか？　本当ですよ？　こんな早朝から発情して外で悶《もだ》えているとか、ケイン様は私をどんな変態だと思っているのですか」

「どんなもなにも、まず発情期という発想がお前の人となりから導き出されたものなんだが」

「初めてお目にかかったときのことを仰《おっしゃ》りたいのですね？　誤解です。あれは信仰心の発露です。ついうっかり漏れてしまったのです」

「……」

あれを否定してくれればまだマシなんだが……それをしない、つまり内心では肯定しているというわけで、まさにそこがこの猫娘のアレなところだ。

「それで……ああ、私が唱えていたのはニャザトース様への祈りの言葉ですからね？　信徒は朝昼晩と、このように祈るのです」

「ウニャ爺さんもか？」

「ウニャ？　あ、ウニャード様のことですか。それはもちろんですが……ウニャ爺さん、ふふ」

「ちなみにお前はクーニャだ」

「にゃ!?　そ、そうきますか。にゃあにゃあ言っていた幼い頃はそう呼ばれていましたが……懐かしいよりも気恥ずかしいですね」

そう照れるクーニャはその仕草も含め実に可愛《かわい》らしい。

変質的な信仰心さえなければさぞ……。

完璧超人なんてものは存在しないのだな、としみじみ思えてしまう。

するとそこで、大人しかったニャンゴリアーズがなあなあと鳴いてクーニャにすり寄り始めた。

「はいはい、食事ですね。それではケイン様、私はこの子たちの朝食の用意をしないといけませんので」

微笑《ほほえ》みつつ、クーニャは体を擦りつけようとしてくるニャンゴリアーズを連れて裏庭を後にした。

出会いが強烈であったため、本当にニャンゴリアーズの世話をしっかりしてくれるかちょっと心配だったが、あの様子なら杞憂《きゆう》で済んでくれそうだ。

なぜか宿泊客も宿屋一家と一緒になって朝のお仕事をするこの森ねこ亭、クーニャの仕事はそのまま滞在目的でもあるニャンゴリアーズの世話になるだろう。

餌の用意、水の交換、猫用トイレの掃除と、このあたりは基本となるが、さらにクーニャはニャンゴリアーズの簡単な健康診断とブラシがけを行うようだ。

で――

「ケイン様！　これなんですか⁉　これ！　驚くほど毛が取れるのですが！」

クーニャはファー○ネーターを試し、その性能に驚嘆していた。

どうやらノラとディアにお勧めされて試してみたらしい。

「なんだと言われても、そのまんま驚くほど毛が取れる櫛《くし》だな。でもたくさん毛が取れるからって、やりすぎてもよくないいんだ。もう昨日やったから、しばらくやらなくていいぞ」

「おや、そうなのですか」

クーニャはちょっと残念そうにファー○ネーターを見つめる。

そしてぼそっと。

「これでウニャード様の髭《ひげ》を梳《と》かしてみたい……」

「気持ちはわかるけど、たぶん効果ないぞ」

「え、こんなに取れるのに？」

「ああ。あんまり毛が収穫できるんで、もしかして毛をすいてる、もしくは引っこ抜いてるんじゃないかと疑って自分の髪を梳いてみたことがあるんだ」

結果、ザリザリと櫛にあるまじき音はさせたものの、毛がすかれたり、引っこ抜かれることはなかった。ファー○ネーターはマジで抜け毛だけを取り去る構造なのだ。

ちょっとお高いのも納得である。

そんな少し話題に上ったウニャ爺さんがオードランら神殿騎士をともなって森ねこ亭を訪れたの

はお昼過ぎのことだった。

「この度はうちの猫たちがご迷惑をおかけしてたいへん申し訳なく……」

来て早々、ウニャ爺さんは皆が集まる中で謝罪。

それから改めて猫どもを回収しに来るのに丸二日かかった理由の説明があった。

初日は俺に付いていったことがわかっていたので、そのうち戻ってくるだろうと気楽に考えていたらしい。しかし二日目になっても帰ってこず、これが三日目になったところで、神殿側は俺が猫たちを気に入って引き留めていると考えるようになったそうな。

なんでやねん、と突っ込みを入れたいところであったが——

「あの猫たち、実はニャルラニャテップ様に仕える特別な猫でして、たとえ部屋に閉じ込められようと空間を飛びこえて逃げ出すことができるのです。となれば、使徒様であるケイン様がそばにいてほしいと願ったことで留《とど》まっているのではないかと思いまして……」

ニャンゴリアーズは俺の想像よりもワンランク上の妖怪だった。

つまり俺はニャンゴリアーズが神殿からのこのこ付いてこようとした段階で「このクソ猫ども！付いてくんじゃねえボケェ！」と追い払わねばならなかったのか。

猫嫌いでもなければ、普通そんなことしねえよ……。

「なるほど、話はわかった。でも神殿としては、猫たちがこっちにいてもいいのか？　なにか不都合があったりはしないか？」

「不都合はありませんね。こういう猫たちは神殿で世話をするのが通例ですが、ケイン様のそばにいることを望むのであれば話は別となります。まずそもそも、それを止めることができませんし」

つまり昨日のクーニャは『神殿に戻りたいにゃん……』と思っているであろう猫たちのため、俺と交渉するために訪問してきたわけだ。

だが実際は『絶対ここに棲《す》むにゃん！　棲むにゃん！』であり、俺が迷惑していたために世話係として留まることを決めた、と。

「猫たちの世話については、クリスティーニャに任せておけば問題ありません。もちろん、かかる費用はすべて神殿が負担します」

「世話係を別の人に替えてもらうことはできない？」

「ケインさまぁ～」

なんかクーニャの悲しげな声が聞こえたが気にしない。

「交代は可能ですが、しかしクリスティーニャ以上の適任はおりません。残念ながら」

「ウニャードさまぁ～？」

「クリスティーニャは猫たちと意思疎通できることもあり、これまで猫たちの世話を一手に引き受けておりました。それもあって猫たちもよく懐《なつ》いております。やはり……適任かと」

「適任なのか……」

「はい。申し訳ないのですが」

「うぅ……」

静かになったクーニャは恨めしげな顔で拗《す》ねており、ニャンゴリアーズはそれを慰めようとしているのか集まってにゃごにゃご鳴いている。確かによく懐いていた。

「わかった。ひとまず認めることにする。ただ、またおかしくなった場合はどうすればいい？」

「その点については重々言い聞かせました。しかしそれでも問題を起こした場合は破門にしようと考えたのですが……いざ破門となったとき、逆に手がつけられなくなる可能性が高く、いっそ奴隷紋に頼ることを考えました。ですがそれすら信仰心で乗り越える可能性を否定できず……」

「そうか……」

恩恵の『適応』頼みだが全部盛りの拘束を突破したことのある俺は、ウニャ爺さんの危惧を笑い飛ばすことができなかった。

「これはもうその都度取り押さえるしかないと思いまして、そこで神殿騎士を一人こちらへ派遣しようと考えたのですが――」

「あ、それなら自分でやるぞ？」

「はい。ケイン様ならそう仰ると思っていました。しかし見た目は恵まれたクリスティーニャ、その都度叩《たた》きのめしていてはケイン様の体面に傷がつきます。そこで考えたのですが、どうでしょう、ケイン様の騎士であるシセリア殿を、神殿騎士団に迎え入れ、クリスティーニャの対処をしてもらうというのは」

「ん？　わざわざ神殿騎士に？」

「はい。ユーゼリアの騎士のままでは、ケイン様の騎士とあっても少々問題があります。しかし神殿騎士とすることで身内の不届き者を処罰しているというだけの話にできます」

「なるほど。わかった、じゃあそうしよう」

と、俺が承諾した瞬間だ。

「いやいやいやいや！　待った待った、ちょっと待ってくださいって！」

ぽかんと話を聞いていたシセリアが我に返り、慌てて口を挟んできた。

「え、神殿騎士？　私が？　いやいや、おかしい、おかしいですよそれは！　だって私そんな強くないですし！　信仰心ないですし！　神殿騎士なんてなれるわけないじゃないですか！」

「ほっほっほ、特例ですよ。なにしろ世紀の大発見をもたらしてくださったケイン様の騎士ですか実はすでにユーゼリア騎士団には話が通っており、あとはケイン様の承認だけでしたからね。

「うぇ!?　うぅえうぉ!?　そんな馬鹿な!?　いやっ、待ってください、私よりエレザさんのほうが適任だと思います！　すごく強いですし！　エレザさんのほうが！」

追い詰められたシセリアは慌ててエレザを推すが、話を振られたエレザはやれやれと首を振る。

「シセリアさん、ケイン様の騎士は貴方《あなた》ですから、大人しく受け入れてください。よかったではありませんか、これで貴方はユーゼリア騎士団で初めての神殿騎士ですよ？　ああ、もしかするとユーゼリア王国で初めてかもしれませんね」

「ひぃぃぃぃぃっ!?　わ、私、何もしてないのに!?　何もしてないのにそんな歴史的な出世とか！　これ後世の歴史家に『何もしてないくせに運良く出世した希代のポンコツ騎士』とか嘲笑《あざわら》われつつも変な人気が出るやつじゃないですかーッ！　ヤダァ――――ッ！」

シセリアはごねた。それはもう床にひっくり返ってジタバタごねた。

しかし現実は非情であった。

この日、何事もなくユーゼリア王国に神殿騎士シセリアが誕生した。

第10話　妖精事件、またしても

夜――。

床に就いて目を瞑《つぶ》り、眠りに落ちるまでの時間を持てあますようになったのは最近のことだ。

森で生活している頃は、横になって明日はどうするか考えようとしたところでもう眠っていたというのに、森ねこ亭で生活するようになってからは、ずいぶんと時間がかかるようになった。

この退屈な時間を、俺はどうやって一攫千金《いっかくせんきん》を成し遂げ、悠々自適な生活を実現するか考える時間にあてている。ときどき瞼《まぶた》の向こうの暗闇から、にゅっと出てきたシャカが横倒しでくつろぎ始めたり、毛繕いを始めたり、にゃごにゃご話しかけて思索の邪魔をすることもある。

いったい何を言っているのか……。

クーニャならわかるかもしれないが、これでもしシャカが俺に多大な不満を持っていることが明らかとなり、ついでとばかりに罵詈雑言《ばりぞうごん》をぶつけてくるような事態になった場合、さすがにしばらく落ち込むと思うので怖くて頼めない。

わからないままであるほうがよいこと、それは確かに存在するのだ。

その夜はシャカも現れず、俺は一攫千金の夢を見つつ、眠りが訪れるのを静かに待っていた。

しかし――

「……ッ!?」

気配を感じた。

部屋のドア、その向こうに集うものどもの気配を。

「あ……あ……ああ……ッ！」

忘れていた。俺はすっかり忘れていたのだ。

それは真夜中に来《きた》るもの――。

「なぉ～ん、おぉ～ん」

「にゃーん、にゃお～う」

「おぁ～おぅ、おろぉぉ～う」

「にゃにゃにゃっ、にゃにゃにゃっ」

「おろろぉ～う、おぉ～う」

間違いない、ミッドナイト・ニャンだ！

ミッドナイト・ニャン――それはなんとなく暇している猫が、就寝しようとしている飼い主の迷惑を顧みず構ってもらいに襲撃してくることを指す。

よく体力を持てあました若い猫が夜中にドタバタ走り回る『猫の運動会』と混同されがちだが、ミッドナイト・ニャンは完全に猫の気まぐれ、まったくの別物なのである。

似たものとしては、ふと早く目覚めてしまった犬が朝の散歩を待ちきれず騒ぐモーニング・ワンというものがあるが……まあそんなことはどうでもいい。

「くそっ……なんてこった……！」

俺は毛布にくるまり、開けてにゃーん、入れてにゃーん、と鳴き続ける猫どもがあきらめるのを待つ。ここで哀れみを抱く、あるいは根負けしてドアを開けたが最後だ。俺は知っている。知っているんだ。怪談話と一緒だ。ここは耐えるしかないのだ。

つか腹が立つのは、あいつらやろうと思えばドアを無視して部屋に飛び込んで来られるのだろうに、それをせず俺に開けてもらおうとしていることだ。まあ猫ってのは引き戸の前に座り込み、自分で開けられるのに人に開けてもらおうと粘るもの。なんなら振り返って早く開けろとばかりに「みゃん」と一声鳴くくらいはする。

「負けねえ、俺は負けねえ……安らかに眠るんだ……！」

幾度もの敗北の夜を越えてきた俺の決意は固い。

が――

「……ったく、うるせえ。勘弁してくれよ、エルフは耳がいいんだ。ほれ、入れ入れ……」

アイルが部屋の前に来てあっさりドアを開け――あー、猫どもが続々と侵入してきましたねー。

「おいこらクソエルフー……ッ！」

「あれっ、なんだよー、師匠、起きてんじゃん。ならとっとと入れてやれよなー、ふぁーあ……」

俺の気も知らず、アイルは大あくびしながら立ち去りやがった。

その間にも、猫どもは無遠慮に俺のベッドに跳び乗り、さっそくのっしのっしとうろつき始める。

「ええい、くつろごうとするんじゃねえ！」

毛布を撥《は》ね除《の》け体を起こし、手近な猫をベッドから放り捨てる。

するとその隙《すき》を狙って別の猫が俺の寝ていたスペースに滑り込む。

ダメだ、これ無限に続くやつだ……！

「くそっ、こうなったら仕方ない。俺が絶望するのが先か、お前らの体力が尽きるのが先か……勝負だ！」

両手に創造するは、鳥の羽根を用いて作られた猫じゃらし。

やはり実際の鳥の羽根を使ったものは猫の食いつきが違う。

「おら！　おらおら！　おらぁ！」

「にゃうにゃうにゃう！」

「のあーんのあーん！」

猫じゃらしを振る俺、果敢に猫パンチを繰り出す猫ども。

この戦いは明け方まで続いた。


忌まわしき夜は去り、訪れた朝は勝利者たる俺を祝福する。

夜を徹しての戦いは猫どもが疲れ果て、俺のベッドを占拠して眠り始めたことで決着がついた。

「虚《むな》しい……あまりにも虚しい……」

得るものなき戦いの勝利者となった俺の目を、朝の光は容赦なく焼いてくる。

めっちゃシバシバする。

やがて宿屋の面々が起きだし、挨拶を交わしつつ身支度を済ませるとそれぞれの仕事を始めた。

そんななか、一階で日課となっている生活用水の補充を行っていた俺のところに怪訝《けげん》な顔をしたクーニャがやってくる。

「ケイン様、猫たちを見かけませんでしたか？」

「見かけたっつーか、俺のベッドを占拠して寝てるな」

「ハッ――その手がっ！」

何かろくでもないことを思いついたらしいクーニャが瞬間的に踵《きびす》を返して目の前から消えた。

「おい？」

いつもならその尻尾を引っこ抜く勢いで引き留めただろうに、変なテンションで徹夜した悪影響によりぼーっとしている俺はみすみすクーニャを逃すことになった。

やがて聞こえてくるクーニャの叫びと、安寧を邪魔されたことで荒ぶる猫の鳴き声。

面倒とは思うが放置もできず、そこで俺は徘徊《はいかい》していた寝ぼけ眼《まなこ》のシセリアを捕まえて命じる。

「我が騎士よ、変態猫から我が寝床を守るのだ」

「えー、こんな朝っぱらから――」

「再開したおやつの補給がまた止まるぞ」

「ハッ、直ちにあの神官めを引っ捕らえに向かいます！」

一気にシャキッとしたシセリアは俺の部屋へ突撃。

すぐに俺の部屋が発生源となっている騒音にシセリアの叫び声が加わった。

それを遠くに聞きながら、俺はまたぼーっとする。

「んー、やっぱり今日はダメだな、調子が出ねえ」

これはどうにもならない。

そこで俺は朝食時、訓練の先生を臨時休業することをノラとディアに伝えることにした。

「はい。というわけで、今日は訓練お休みです。好きに過ごしてください。以上」

はーい、と返事するノラとディアは溌剌《はつらつ》としている。

昨夜はよく眠れたようだ、羨《うらや》ましい。

こうしてぽっかりと空いた今日だが、特にやりたいことはなく、それこそ一眠りしたいところだ。

しかし今から眠ると変な時間に起きて夜眠ることができなくなるのがわかりきっているし、眠いものの眠れそうにないという妙な状態になっている自覚もあった。

これは今日一日、ぼけっとやり過ごすしかないか、そう考えつつ気晴らしの散歩に出かける。

するとこれにラウくんとペロが付いてきた。

「なんにも面白いことはないと思うけど、それでも来る？」

「……ん！」

それでもいいらしい。ペロはラウくんと一緒にいたいだけだな。

ラウくんと手を繋《つな》ぎ、あっちこっちにうろちょろするペロを追うように気の向くままの散歩。

やがて迷い込んだのは立派な家々が立ち並ぶ地区だった。

いったいどんな悪事を働いて儲《もう》けた奴らが住んでいるのだろう。

そう思いつつ歩いていると――

「ワン！　ワンワン！」

犬に吠《ほ》えられた。

なんだ唐突に。ラウくんがびっくりしてビククンッって震えたぞ。いったいどこのバカ犬だろうか。

通り過ぎようとしていた立派なお屋敷の入り口、金属の門扉の向こうにそいつはいた。

大きな黒犬……ってこいつ見たことあるな。

えっと……。

「あ、あー……あ？　アヘェ……！」

「……ん!?　ん！」

「ハッ!?」

突如、忌まわしき記憶が蘇《よみがえ》り、思わず『アヘェ』してしまった俺の手をラウくんがぐいぐい引っぱってくれて我に返った。

そうだ、この黒犬は従魔レースで優勝したあいつだ。

えっと……。

「あー、あ、アヘェ……！」

「……ん！　んー！」

「ハッ!?」

またしても忌まわしき記憶が！

いかんな、寝不足で夢と現実の境界が曖昧になっているせいか、ふとしたきっかけで『アヘェ』してしまう。

もしラウくんがいなければ、俺は『アヘェアヘェ』と夢見心地（悪夢）のまま都市を彷徨《さまよ》うことになっていただろう。

「そうだ、お前はフリードだったな」

「ワフ！」

「ってことは、この家はあの女の子の……えっと……メリ――」

「……んーッ！」

「いやラウくん、もう大丈夫だからね？」

よっぽど心配させてしまったようだ。

「もう会うこともないと思っていたが……元気そうだな」

ちょっとぶりとなるフリードは嬉《うれ》しそうに口を半開きにして、尻尾をぱたぱた振っている。

そこにペロが近づくと、フリードは伏せて鼻を寄せ合いご挨拶。

この二匹の格付けは、ペロの圧勝で終わったのでフリードからすればペロは姐《ねえ》さんなのだ。

たぶんペロ姐さんを見かけたので声をかけた、みたいな感じなのだろう。

やがてペロとの挨拶が済むと、フリードはまた俺を見つめて尻尾をぱたぱた。

「なんだ、もしかしてこれか、これが欲しいのか？」

燻製《くんせい》肉を見せるとフリードはいよいよ喜び、さらに尻尾を激しく振り始めた。

あとペロもすり寄ってきた。

「仕方ない奴らめ」

燻製肉をあげると二匹は大喜びしがつがつと食べ始め、俺とラウくんはそれを微笑《ほほえ》ましく眺める。

が――

「こぉーらぁーッ！」

突然の怒声。

フリードがビクッと。ラウくんはまたビククンッとするはめに。

声の主は屋敷二階の窓からこっちを見ている少女――メリアだ。

「あっ、貴方《あなた》！」

そう言ってメリアは引っ込み、少しすると屋敷の玄関扉をバーンッと開いて飛び出してきた。

「ちょっと、もしかして貴方なの!?　近頃やたらフリードに餌を与えていたのは！」

「は……？　いやいや、これが初めてだぞ。散歩してたらこいつを見つけたんでな」

「本当……？」

と、疑わしげな眼差《まなざ》しを向けてきたメリアだが、すぐに小さなため息をついて言う。

「まあ確かに、この子に会ったのはレースの時が初めてだったみたいだし……」

「だろう？　でもそんな与えられた餌をほいほい食べちゃうのは、普段の餌が足りていないんじゃないか？」

「ちゃんとあげてるわよ！　でもこの子はあるだけ食べちゃう子なの！　制限してるの！」

「そうか、こいつも食べたいだけ食べるからな、制限するべきか……」

するとペロはしょんぼり、きゅぅ～んと寂しげな声を出す。

でもって、俺の足を前足でちょいちょい。

このあざとい攻撃についメリアも微笑みを浮かべるが、すぐにハッとして表情をあらためた。

「そ、そういうわけだから、従魔の健康は飼い主がちゃんと気をつけてないといけないのよ！　ほら、フリード、行くわよ！」

「クゥ～ン……」

もっと食べたいわん、そう言いたげなフリードだがご主人には逆らえずしょんぼり付いていく。

「うーむ、あらぬ疑いをかけられてしまったな。ここはその餌をあげている奴を見つけ出して、見返してやりたいところだが……どうしたものか」

なにも息の根を止めたいわけではないので、森で使っていた魔法の罠《わな》を仕掛けるのはやりすぎだ。

下手するとこの屋敷ごとメリアが吹っ飛ぶ可能性もある。

「できればメリアが犯人を見つけられるような、ちょっとした防犯装置のような魔法を……」

何かないだろうかと考えていると、亜空間からにゅっとシャカが顔を出した。

「にゃ」

「ん？　もしかして、お前やれるのか？」

「みゃん！」

おうともよ、とばかりにシャカが鳴く。

なぜかはよくわからんが、やる気になっているシャカ。これは任せてみるべきか。

「犯人を八つ裂きにしたり、家ごと木っ端微塵《こ ぱ み じん》にするような方法はダメだけど本当に大丈夫？」

「にゃ!?　ふーっ！　ぬぁうおぅおぅおー……！」

なんかお前と一緒にするな的なことを言われているような気がする。

うん、やっぱりクーニャに通訳してもらわないほうがいいみたいだな。

＊＊＊

自室に戻ろうとしていたメリアは、その途中で肝心なことを忘れていたことに気づいた。

「あっ、またあいつの名前聞きそびれた……！」

あの黒髪のちょっと人相が悪い少年——いや青年？　たぶん自分より五歳ほど上だろう。

彼と知り合ったのは従魔ギルド主催の従魔レース、その会場だ。幼い従魔を無謀にもレースに参加させようとしていたので思わず食ってかかってしまった。誰だってあんな子犬（子狼《こおおかみ》？）があれほど強いとは思わないから、仕方ないことだったとメリアは思っているが。

その日はフリードが優勝したことを報告するついでに、彼と従魔のことを父親に話した。すると父親は「おや？」と何か思い当たるような表情をした。しかし知り合いなのかと尋ねてみても、父親は含みのある笑顔をするばかりで、詳しいことは何も話してはくれなかった。

「また会ったら色々と聞……あ、お礼も言い忘れてるじゃない！」

フリードを肥えさせる犯人かと思ったせいでつい乱暴な対応になってしまったが、そういえば押しつけられるように高級な燻製肉を貰《もら》ってしまっていた。

「あーもう、どうも調子が狂うわね」

相性が悪いのだろうか。

そんなことを思いつつ、メリアは自室に戻り、ドアを閉める。

すると——

『みゃ〜ん』

ふいに聞こえた、猫の声。

「あら？　猫ちゃん？」

どこかから入り込んだのか。

「猫ちゃん、どこどこー？　猫ちゃーん」

室内をうろうろ、探してみるが姿はない。

では廊下だろうかとメリアはドアを開ける。

『みゃお〜ん』

するとまた猫の鳴き声が聞こえた。

けれども、廊下にも猫の姿は見当たらなかった。

「？？？」

しばし困惑。

そしてドアを閉めると——

『みゃ〜ん』

三度の鳴き声、ここでメリアは閃《ひらめ》いた。

「え……？　これ、ドアを開け閉めすると……？」

確認のためにドアをさっさと素早く開け閉めしてみると『みゃ』『みゃん』と予想通り猫の鳴き声が聞こえた。

「やっぱり……！」

因果関係がはっきりする。

だが——だが……？

「え、なにこれ？　どういうことなの？」

鳴き声の発生源は明らかになった。

しかし、それがわかっても疑念は晴れるどころか増すばかりだ。

「もしかして……魔法？　でもドアを開け閉めすると猫ちゃんの鳴き声が聞こえる魔法ってどういうことなの？」

魔導学園の学生であったメリアはすぐにこの現象が魔導に関係するものと予想したが、それ以上となるとさすがに見当もつかなかった。

「ひとまず……これは検証ね」

メリアは自室のドアを開け閉めして、猫の鳴き声が発生し続けるかを確認する。その過程で、ドアを動かして止めたところで鳴き声が発生することがわかり、さらに開け閉めの勢いによってその鳴き方、声量が変わることも判明した。

素早く開けると小さく、短く、可愛《かわい》らしく。ゆっくり開けると、大きく、長く、猛々《たけだけ》しく。

検証しているうちにメリアはなんだか楽しくなってきたが——

「え？　ちょっと待って」

ハッとある可能性に気づき、隣の部屋のドアを開けてみる。

すると——

『みゃお〜ん』

同じように猫の鳴き声が発生した。

「ええっ⁉　まさかこの家のドアすべて……⁉　ど、どど、どういうことよ！　なにこれ……⁉」

猫の鳴き声は可愛らしいが、まったく意図の知れぬ魔法が屋敷全体にかかっているというのは気味の悪い話だ。

メリアはこの異変を知らせるべく母親の元へ向かう。

おそらく母親は自分の部屋で手紙をしたため続けているはず。それは父がどこからか入手してきたシャンプー、リンス、ボディソープなる商品を売ってくれと、富裕層から貴族階級まで、母と縁のある女性から送られてきた大量の手紙の返事である。

届く手紙は日に日に増えていくため、母は部屋に籠《こ》もる時間が長くなっていた。

また一方の父も、店舗に押しかけるご婦人方の対応に追われて本来の仕事がなかなか片付かず、結果として帰宅がどんどん遅くなっていた。

現在その商品は『入荷待ち』ということでお帰り願っているのだが、実はこの家に在庫を移したのでまだ存在する。要はこの家からの『入荷待ち』という詭弁《きべん》なのだが、売ってくれ売ってくれと大挙して押し寄せられても対応しきれないが故の苦肉の策なのだ。

「お母さま、メリアです」

「……はーい、どうぞー……」

急いで母親の部屋まで来たメリアはドアをノックし、返事を待ってゆっくりめにドアを開いた。

『みゃお〜ん！』

そして聞こえる、元気な猫の鳴き声。

机に向かっていた母親が、おや、と顔を向ける。

「あら？　いま猫ちゃんの鳴き声が……？」

「お母さま、それなんですが！」

と、メリアは今この家に起きている謎の現象について説明をした。

「ドアを開け閉めすると、猫ちゃんの鳴き声がするの？」

「そうなんです」

と、メリアはドアを開け閉めしてみせる。

やはり聞こえる猫の鳴き声。

「どうして？」

「どうしてでしょう？」

母と娘、仲良く首を傾《かし》げる。

「うーん、猫の……呪いでしょうか？」

「それはずいぶんと可愛らしい呪いね。でも私は猫ちゃんにひどいことをした心当たりはないし、メリアちゃんもないでしょう？」

「もちろんです」

「とくに害はないようだし、妖精の悪戯《いたずら》かもしれないわね」

「妖精の悪戯……」

なるほど、言われてみれば確かに悪戯のような現象だ、とメリアは妙に納得する。

「ひとまずあの人が帰るのを待ちましょうか。あ、メリアちゃんはみんなにもこのことを説明してくれる？」

「わかりました」

こうしてメリアは使用人や警備の者たちにこの怪現象について説明すべく退室——はせず、ふと立ち止まって母親に言う。

「お母さま、私、猫ちゃん飼いたいです」

「あら、でもそれで貴方が猫ちゃんばかり構うと、フリードが嫉妬して喧嘩《けんか》になっちゃうんじゃないかしら？」

「う、うぅー……」

可愛らしい鳴き声ばかりが聞こえるこの状況。

なんとももどかしく、実はこれってひどい悪戯なのではないか、とメリアは悶《もだ》えた。

＊＊＊

俺の名はパルン三世。かの名高き大泥棒パルンの孫だ。

いま俺がいるのはユーゼリア王国の首都ウィンディア。もちろんお仕事のためだ。

ひと月ほど前にウィンディアを訪れた俺は、まず盗みに入る家や店舗を選んで回り、そこから念入りな下調べと準備を始めた。

で、そろそろ仕事を始めるかってときに、俺がぞっこんになってるサキュバスのフィジコちゃんからお願いされたんだ。

なんでも最近、ボディソープ、シャンプー、リンスつー体や髪を洗うための商品が話題になっていて、自分のためにまずそれを盗み出してほしいってな。

俺としては貴族の屋敷やあくどいことをやっていると噂《うわさ》のバーデン商会なんかを手始めに～、と思ってたんだが、フィジコちゃんのお願いとあっては仕方ねえ。

最初の標的をヘイベスト商会に決めた俺は、念入りにヘイベスト商会を調べた。すると店舗では品切れ、入荷待ちなんて言ってるが、実はまだ屋敷に保管されていることを突き止めた。

つまり盗みに入るべきはお屋敷のほうってわけだ。

幸い、そっちも下準備をしてあったから盗みに入るのは楽なもの。

屋敷の警備はそこそこ、並の奴なら近づいただけで警戒して吠えてくる犬の魔獣が問題になるだろうが、この程度、俺にとっちゃまったく問題にならない。

賢い俺は考えたね。番犬と仲良くなっちまえばいいんだって。

だから下準備でたっぷり美味《うま》い肉を食わせてやって、俺を警戒しないように躾《しつ》けてやった。

へへっ、懐《なつ》かれすぎて大歓迎で吠えまくるようになっちまったのは予想外だったけどな……！

でもまあ、そこは機転を利かせて眠り薬を混ぜた肉を食わせることで解決だ。

殺すような毒は使わない。無益な殺しは主義に反するんだ。

そしていよいよ決行の夜。

まず俺は闇に紛れて屋敷の敷地に睡眠薬入りの餌を放り込む。

すると番犬はがつがつと嬉しそうに餌を食い、しばらく待つと静かに眠りについた。

これでやっかいなワンちゃんは片付いた。

すぐに俺は敷地に忍び込み、窓からの侵入を試みる。

窓の鍵は機械式と魔導式の二段構えだが、このパルン様にかかればちょちょいのちょいよ。

あっという間に解錠して、俺は室内へと侵入を果たす。

さて、ここからが本番だ。

俺はすぐに部屋のドアに取りつき、そぉ～っと、わずかですら音を立てないように細心の注意を払いながら時間をかけて動かす。

そして止める。

瞬間――

「んにゃおぉぉぉぉぉぉぉぉぉぉぉぉぉぉぉぉぉぉぉぉぉぉぉぉぉぉぉぉぉぉぉぉんッ!!」

「ふわあぁぁぁぁぁぁぁぁぁぁぁぁぁぁぁぁぁぁぁぁぁぁぁぁぁぁぁぁぁぁぁぁぁぁぁッ!?」

静寂をぶち破る、とんでもない猫の鳴き声が。

これ間違いなく屋敷中に響き渡っただろ!

びっくりして思わず尻もちをついた俺は、失敗を悟りすみやかに撤退を決めた。

だが――

「あっれぇ!?」

立ち上がれない!? おいおい、腰が抜けてやがるじゃねえか!

こうなりゃ仕方ないと、俺は這《は》って逃げようとした。だがすぐにドタバタと足音が聞こえ始め、窓にすがりつく頃には足音はこの部屋のすぐそばまで近づいてきていた。

あっちゃ〜、こいつはまいったぜ。

とんだドジ踏んじまったようだ。

＊＊＊

今日は久しぶりの薬草採取ピクニックということで、まずは冒険者ギルドを訪れた。

これまでは俺、おちびーズ、エレザにシセリアというメンバーだったが、ここになぜかクーニャとニャンゴリアーズが加わっている。

おかげでようやく場違いな感じのする俺たちに慣れた職員や居合わせた冒険者たちが、また怪訝そうな目を向けてくる。

いや、それどころか冒険者たちが「やべえ、『猫使い』が猫を増やしやがった……！」ってすごくざわついてんですけど……。

「クーニャ、やっぱり猫どもを連れて帰ってくれないか」

「ケイン様、おそらく猫たちは付いてきてくれないので、私だけが帰ることになってしまいます」

「ぐぬぬぬ……」

そう、べつにクーニャが猫どもを引き連れて参加してきたわけではなく、実態は猫どもが俺に付いてくるので、その監督役としてクーニャが同行しているだけなのだ。

なんとかならんものかと思いながら、俺はいつも通りに手持ちの薬草を納品して常駐してる錬金術ギルドの職員を喜ばせ、次に薬草採取の依頼を受ける。

いつもならここで専属（？）受付嬢であるコルコルからお小言があるのだが、今日は心ここにあらずといった感じで、好き勝手にギルド内を徘徊するニャンゴリアーズに目を向けっぱなしだった。

珍しくスムーズに手続きを終えた俺は、そのまま冒険者ギルドを後にしようとしたが、エレザとシセリアが手配書が貼られている辺りで冒険者から話を聞いていた。

「本当にパルンが捕まったのですか？」

「ああ、みたいだぜ。なんでも、忍び込んだ屋敷のドアを開けたらものすごい大きさの猫の鳴き声がして、びっくりして腰を抜かしたところを捕まったんだとよ。嘘《うそ》みたいだが、本当らしいぜ」

「ふえー、あのパルンが腰抜かして捕まったんですかー……」

「だとしたら、ずいぶん間抜けな結末ですね」

ふむ、これは……俺には関係のない話だな。

金持ちの屋敷とか、猫とか、なんとなく気になるワードもあったが、きっと俺には関係ない。

「しかしなんだってドアを開けたら猫の鳴き声がしたんです？」

「それが謎なんだよ。なんでも、その日はドアを開け閉めすると猫の鳴き声がするようになったらしくてな、その屋敷の住人もずっと困惑していたらしい。特に害があるわけでもないし、妖精の悪戯なんじゃないかって考えてたようだ。まあ本当かどうかはわからんが、本当だとしたら妖精の悪戯もたまには良いほうに転がるってこったな」

なるほど、妖精か。またしても妖精なのか。

これはいつか……そう、もしいつか何かの拍子に出会うことがあったら、いっぱい贈り物をしてご機嫌を取ることにしよう。

なんとなく、俺はそう思うのだった。

第11話　黄金の果実

冒険者に必要な技能とはなんだろうか。

グラウとシディアはディアに武器の扱いを教えてきたようだが、俺としては武器よりも何よりも、まずは生きるために不可欠なものを自分で用意することができるよう魔法の習得を優先した。

この、これまでの教育とは異なる、魔法に重点を置いた指導に切り替えることについて、グラウとシディアはむしろ歓迎の姿勢だ。

いつでも水を補給できることは当然良いこと。

冒険者活動に役立つだけでなく、普段の生活においても便利なのは間違いない。宿屋でありながら経営維持に関わる技能を軽んじていたことを二人は恥じたが、その宿屋の経営がこれまで壊滅的だったのでいまいち言葉に重みがないというかなんというか……。

まあともかく――

「やったー！　できたー！」

いつもの公園、いつものメンバー、でもって追加された猫と猫もどき。

歓喜の声をあげたのは、ようやく魔法での水鉄砲に成功したディアである。

お風呂での特訓が実を結んだのだ。めでたい。

「ケインさん、できました！　わたしできましたー！」

「ああ、よくやった。あとはその感覚を忘れないように、何度も繰り返すことだが……そうだな、ノラと撃ち合いでもするか」

「うちあいー？」

「そうだ、えっとなーーー」

と、俺は昨日の段階で水魔法を会得したノラとディアを向かい合った状態で立たせ、水鉄砲の撃ち合いについての簡単な説明をする。

「これは私が勝つ！　だって先にできるようになったから！」

「一日だからそんなにちがわないもん！　負けないもん！」

そして二人は「えいっえいっ」と100円で買える水鉄砲よりも低威力な水で撃ち合う。

ひたすら宙に水鉄砲を撃ち続ける反復訓練よりは楽しいだろうという思いつきだったが、二人は相手を水浸しにしてやろうと夢中で水を発射していた。今はまだ向かい合った状態だが、これならそう遠くないうちに駆け回りながらの撃ち合いへと移行できることだろう。

「本当に二人とも魔法を習得してしまいましたね……」

ノラとディアがきゃっきゃと水をかけ合うのを眺めつつエレザが言う。

その両手は寿司《すし》握り型の水鉄砲になっているが、今のところすかっすかっと空撃ちばかりだ。

「いずれはわたくしも習得できるのでしょうか？」

「できるだろ。一応これはーーー」

「ニャザトース様が誰でも可能と仰《おっしゃ》ったのです、できないはずはありません！　当然この私も！」

横から口を挟んできたのはクーニャで、彼女もまた「うにゃー！」と空撃ちを続けている。

なんとしてもその身で神の教えが正しいことを証明したいらしく無駄に必死。

ほったらかしにされるニャンゴリアーズは、最初こそ「かまえよー」とクーニャの周りをうろちょろしていたが、今ではあきらめ、こいつはちょろそうだ、と認識されているのかシセリアを毛だらけにしてやろうと群がっている。

あとでシセリアはコロコロするアレの偉大さを知るだろう。

あと、ラウくんはしゃがみ込んでペロと向かい――って、あれ？　なんかラウくんに手をかざされたペロの毛が、ドライヤーでもかけられているようになびいてるんだが……。

「ラウくんもしかして風の魔法使ってる……!?」

「……ん！」

ようやく気づいたか、バカめ、とでも言わんばかりの得意げな顔をするラウくん。

マジか。いったいどこから閃《ひらめ》きを得たのやら。

確かに俺も水の次に風の魔法を使えるようになったが、それは最初の水――放尿の感覚と地続きの着想によるものだった。

己の肉体に馴染《なじ》みのある感覚としての風。

そう、屁《へ》だ。

しかしラウくんは水鉄砲の感覚から水の魔法を使えるようになったスマートなお子さん。

おそらく風の魔法は屁以外のものから会得したのだろう。

「ラウくん、どうやって覚えたの？　お姉ちゃんに教えて！」

「私もお姉ちゃんだから教えて？　教えて？」

ラウくんが新たなる境地に到達したことに、ディアとノラは水鉄砲対戦どころではなくなり、慌てて寄ってきてコツを聞き出そうとする。

「……ねこちゃん、しっぽ」

お姉ちゃん二人の追及にラウくんはそう答えた。

猫の尻尾とは？

なんのことかわからず困惑する二人に、さらにラウくんは言う。

「……ふぅーって」

どういうことか、と首を傾《かし》げるディアとノラ。

だが俺には思い当たる節があった。

このところイマジナリーニャンニャンの実現を目指すラウくんは熱心に猫の観察をしており、そんなラウくんに俺はぴんと立った猫の尻尾にふぅーっと息を吹きかけると少し動くことを教えた。

日常生活で役に立つことなどない、しかしやってみるとちょっとだけ楽しい猫いじりだ。

そのあとラウくんは懸命に猫がおっ立てる尻尾に息を吹きかけていたが……。

「つまりラウくんは息を吹く感覚から風の魔法を会得したのか」

「……ん！」

誇らしげなラウくん。やはり……天才か。

屁などという、誰でも辿《たど》り着くありきたりの発想から会得した俺は所詮《しょせん》凡人ということか。

一般人は屁から、天才は呼吸から。

ラウくんならば、いずれはイマジナリーニャンニャンすら誕生させるかもしれない。

今日の訓練はディアが水の魔法を使えるようになり、ラウくんが新たに風の魔法を使えるようになるという、実りのあるものとなった。

公園から帰ってくると、宿屋が見えたところでおちびーズが我先にと駆けだしていく。

そんないつもの風景であったが――

「遅いぞお前！」

おチビたちが宿屋に飛び込んだところで、今日は入れ替わりのようにシルが飛び出してきた。

なんでそんな怒ってるんですかね？

不思議に思っていると一度宿屋に飛び込んだおチビたちものこのこ出てきて、その最後には見知らぬ男性も現れた。

にこにこと微笑《ほほえ》んでいる穏やかそうな男性の見た目は二十代半ばといったところ。

普通ならどちらさん？　と思うところだが、この状況で現れて、髪や瞳の色がシルと同じ、身につけている服も立派となると、もうこれシルの関係者――たぶんお兄ちゃんだろう。

「もうちょっと早く帰ってきてくれてもいいだろう！」

やはりシルはご機嫌斜め。

はて、待ちぼうけなんて森で暮らしている頃にはちょいちょいあっただろうに、今日はまたどうして不機嫌なのか。

宿屋の居心地が悪かったということはないと思う。前回の宿泊ではずいぶんとくつろいでたし。

今回は優しそうなお兄ちゃんも一緒なんだから心細かったなんてこともないはずだ。

「お前がなかなか戻らないから私は兄にあれこれと……！」

「いやそんなこと言われても。お前が今日来るとかわからんし」

あれこれがなんなのかはわからんが、どうも不機嫌なのはお兄ちゃんに関係するらしい。

兄妹《きょうだい》仲が悪いとは聞いたことがなかったが……なんなんだろうな。

ともかくシルの言い分としては、俺がもっと早くに戻ってきていればその『あれこれ』に苛《さいな》まれることもなかったと言いたいようだが……そんなお前が来るとかわからんがな。

うーん、これ、やっぱり連絡手段があったほうがいいな。

「なあシル、ちょっと手を繋《つな》いでくれる？」

「な、なんだ突然に……。まあべつにいいぞ、それくらい。ほら！」

「なんで照れてんだよ」

「私は照れてなどいない！　おかしなことを言うと手を繋いでやらないぞ！」

「あー……。はい。照れてないね」

明らかに照れているが、追及しても面倒が増えるだけのようだ。

前回さんざんおぶらせたくせに、照れるポイントが謎な奴である。

言いたいことをぐっと飲み込みつつ、俺はちゃっちゃと検証しようとシルの手を握り念話ができないかチャレンジ。

これで成功すれば、不思議な経路みたいなものが繋がり、遠距離での会話が可能になる……ような気がする。

ひとまず俺は『ファミ◯キください』と念じてみた。

「聞こえたか？」

「何がだ？」

「ダメか……」

念話が無理なのか、それとも握手ではダメなのか。

判断がつかず困った——その時だ。

「——ッ!?」

稲妻のような閃きが、８ビットを誇る俺の脳を覚醒させた。

そうだ、念じるんだから、その『念』が発生する頭同士を近づけてやればいいのだ。

俺はすぐにシルのおでこに自分のおでこをくっつけて確かめてみようと顔を近づける。

が——

「ひあぅッ!?」

「んごっ!?」

ドゴッと。

両手で突き飛ばされる、なんて生やさしいものじゃない。

双掌打——いや、この衝撃はもう破城槌《はじょうつい》であろう。

ほとんど不意打ち、それどころかカウンター気味にシルの突き飛ばしを食らった俺は吹っ飛んだ。

いかん、このままではご近所さん宅に砲弾のごとくダイレクト訪問だ。

そう予感した俺は、咄嗟《とっさ》に背後方向へ頑丈な土の壁を創造。

そして——ドゴンッと。

「ぐはぁッ!?」

俺は壁をすり鉢状に陥没させてめり込んだ。

これ、俺でなきゃ死んでるね。

「ぐ、ぐふぅ……」

こぼれるうめき。

ここまでのダメージは久しぶりだ。

さすがにこれは文句を言ってもいいだろうと思った、その時。

「い、い、いきなり何をする！」

なぜかシルに怒られる。

「そ、それはこっちの台詞《せりふ》だよぉ……」

「と、突然口づけされそうになれば当然だ！」

ん？

あっ、そうか、シルの奴、勘違いでびっくりして俺を突き飛ばしたわけか。

「く、口づけじゃねえし、おでこをくっつけようとしただけだし……」

「それでも戸惑うわこの馬鹿め！」

「……」

せめて一言、言っておくべきだったか？

ちょっと反省しつつ、俺は壁から抜け出そうともぞもぞ。

しかし背中から腰にかけて深くめり込むという、エビっぽい体勢のため苦戦。

壁を消してもいいが、そうなると落下して尻もちをつくことになりそうだ。

「これはチャンス――ではなく、えっと、ケイン様、大丈夫ですか？」

手足をじたばたさせてもがいていると、クーニャが寄ってきた。

「なんか不穏な思いつきをしやがったような気がするがまあいい。ちょっと引っぱってくれるか」

「はい！　――ほら、そこの騎士、貴方《あなた》も手伝ってください。本来であれば貴方が受け止めてさしあげるところなんですよ」

「死にはしなくても重傷が確定しているのはちょっと……」

俺はクーニャとシセリア、さらに面白がって寄ってきたちびーズに『うんとこしょ』と引っぱられ、大きなカブのように引っこ抜かれた。

「ひどい目に遭った……」

「いやー、それは仕方ないかとー」

「ケイン様、急におでこをくっつけられようとされたら、普通はびっくりするものですよ？　相手が女性であればなおさらです」

「いきなり人のデコを舐《な》めたがった奴がなに言ってんだ？」

言っていることはもっともだとしても、クーニャ相手には認めたくない。

「それで、お前は何がしたかったんだ？」

ひと息つけたところで、両手を腰にやって、いかにも『怒ってます』といった感じのシルが尋ねてくる。

「あー、えっとな――」

と、俺は連絡手段の確立のための実験であったことを説明。

これが確立すればあらかじめ訪問を伝えられるし、森を出たときのような騒動も防げると。

「先にその説明をしろ！　先に！　説明を！　連絡手段よりもまずそういうところだぞ！」

「解せぬ……」

説明したらさらに怒られてしまった。

「だがまあ、確かにそんな連絡手段があれば便利ではあるな」

「だろう？　でも上手《うま》くいかなくてな……」

どうしたものかと思った、その時。

「にゃ！」

亜空間からにゅっとシャカが顔を出した。

「またその猫かっ」

「おお、話に聞いていたシャカ様ですね！」

びっくりするシルに、歓喜の声をあげるクーニャ。

「にゃごにゃごにゃーう、あおあうー」

「あ、ケイン様、シャカ様が前に作ったものを出してもらいたいと……えっと、離れた相手と話をする道具？」

いつもなら『わからん』で終わるシャカの言葉をクーニャが伝えてくる。

よかった、俺への罵詈雑言《ばりぞうごん》ではないようだ。

「話をする道具……もしかしてこれか？」

そう言って『猫袋』から取り出したのはモックでしかないスマホだ。

「にゃ！　にゃんにゃごおろろうおー」

「それでいいみたいですね。あともう一つ用意してもらいたいと」

「もう一つ？　ほれ、これでいいか？」

左右の手にそれぞれスマホ。

するとシャカは亜空間からにゅるんと抜け出し、とことこ宙を歩いて俺の胸元に移動すると、前足で二つのスマホの画面を順にタッチ。

つかお前、完全に外に出られたのかよ……。

「にゃお！」

「あ、これでいいみたい……です？」

やることは済んだとばかりに、シャカは亜空間にお帰りになった。

「これでいいって……え？　もしかしてそういうこと？」

見ればスマホの画面にはこれまでなかった肉球マークが浮かび上がっている。

試しに一方をタップしてみると、もう一方に反応があった。

『ニャンニャンニャン！　ニャンニャンニャンニャン！』

呼び出しコールは猫の鳴き声だ。

固定なのだろうか？

「シル、これ、ちょっとこの印を押して、こうやって耳に当ててくれ」

「お、おお、わかった」

シルは言われた通り肉球マークを押して、スマホを耳の横に。

「どうだ、聞こえるか？」

「んお!?　おお、聞こえるぞ！」

まあ目の前にいるんだから声は聞こえて当然だが、ちゃんとスマホからも声が聞こえるようだ。

「なんか唐突に解決したな。あとは通話距離だが……。まあ帰ったら挑戦してみてくれ。肉球の印を押せばこっちに繋がるようだから。上手くいけばいつでも話ができるぞ」

「いつでもだと!?　それはすごいな！　よし、わかった！」

そう言うとシルは魔法鞄《かばん》にスマホをしまい込み、ちょっと離れたところに移動して竜の姿になる。

「え、ちょ――」

「ではしばし待っていてくれ！」

そう告げ、シルは止める間もなく飛び去っていった。

「待っていてくれって……まさか……」

「うん、ごめん、たぶんそういうことだと思う」

そう言ったのは、取り残されたお兄ちゃんだ。

笑顔から一転、気まずそうな顔になってしまっている。

「あー……ど、どうも初めまして、ケインです」

「うん、初めまして。僕はシルの兄のヴィグリードだ。気軽にヴィグとでも呼んでほしい。それで……えっと……妹は普段は落ち着いてるんだけど……何かあると……ちょっと、ね」

「いや、俺があげたものが悪かったんで……」

「そうはいっても、お礼も言わず……いや、それだけ嬉《うれ》しかったのかな。じゃあ仕方ない……？

本当はこのあと話をしたかったんだけど……うん、出直すことにするよ。ごめんね」

そう謝り、ヴィグ兄さんはシルを追うように去っていった。

なんだかな。

これ、シルが電話してきたら文句言ってもいいよね？


しばらくするとシャカが魔法をかけたスマホ――略して猫スマホがニャンニャン騒ぎだした。

かけてきた相手はもちろんシルだ。

『おおぉ!? 本当に会話できるのだな！ すごいぞこれは！』

シルは長距離通話にかなり興奮気味。

さらにそこにヴィグ兄さんが帰還して『ちょっと代わって！』『今大事な話をしているから嫌だ！』と兄妹で揉《も》め始めたりなんだったりと結局二時間ほどの長電話となった。

特筆すべき内容は『明日の朝にまた行くからちゃんと待っているように』という五秒もかからず伝えられるものだけだったんですけどね。

「せんせー、私もスマホーほしい、スマホー」

「スマホな」

「スマホー」

どうしてそんなハイホーの親戚みたいな言い方になるのだろう。

ふと見れば、ディアやラウくんも物欲しそうな顔で猫スマホを見ていた。

まあ与えてもいいのだが……相手は俺かシルしかいないし、おチビたちはいつもセットで行動しているんだからスマホなんて使う必要ないのでは？　そしてラウくんはちゃんとお話しできるのだろうか？

「うーん、ちょっと様子を見て、安全かどうかわかってからだな」

もし通話時間や距離に応じて魔力を奪うような代物だった場合、おチビたちではきついだろう。

まあ話してた時はそんな感じはしなかったので、本当に様子を見るだけになりそうだが。

ひとまず通話が問題なくできることはわかった。

となればあとは明日、改めてシルとヴィグ兄さんが来るのを待つだけ……と、思ったのだが、夜にもシルから電話がかかってきて数時間の長電話となり、その翌日早朝には「これから出発するからな！」と念押しの電話がかかってきてこれに数十分。

いかんな、あいつ電話魔だ。

長時間の通話は無理とか言っておけばよかったが、いまさら遅いだろう。

俺もよくわかってないのに、なぜそうなのか聞かれたら言い訳できない。

着信拒否とかしたら、あいつ怒鳴り込んできそうなんだよなぁ……。

＊＊＊

朝食を終えたあたりでシルとヴィグはやってきた。

この二人の訪問に、ハラハラとしているのは宿屋の主人たるグラウである。

「ど、どうしよう、もし泊まりたいと言われても部屋がない。まさかこんな贅沢《ぜいたく》な悩みを抱えることになるなんて……。これは早急にここを増築して部屋を増やすしか……百部屋くらい！」

いけない。それはいけない。

急に需要が高まったからって設備を増やすのはよくないんだ。

「お父さん、そんないっぱいのお部屋、お掃除しきれないよー」

そういうこっちゃねえが、もうそれでいい。

頑張れディア、お父さんの暴走を止めるんだ！

と、宿屋一家が騒がしい一方で、俺は新参者のクーニャを気にするシルのお相手だ。

「昨日はなんかいるなと思っただけだったが……そうか、宿に泊まっているのか」

「はい、この宿屋に宿泊してケイン様のお世話をしております、クリスティーニャと申します」

おかしいな、クーニャに世話なんてされたことねえが。

不思議に思っていると、シルが恨めしそうに言う。

「お前、やっぱり人を増やしたじゃないか」

「増やしたんじゃなくて、これは増えちゃったんだよ」

「お前の世話をしているとか言っているが？」

「言っているだけだ。実際は猫どもの世話しているだけだよ」

「そうなのか？」

「そうかもしれません。しかしいずれはケイン様のお世話をさせていただくことになるでしょう。なにしろ婚約者ですから」

「こん……!?」

「嘘《うそ》つき猫は返品だが」

「はい、おちゃめな冗談です。婚約者志望というだけですね」

にこっと微笑むクーニャ、悪びれねえ。

「つまり、お前はこの妙な猫に付きまとわれているということか？」

「そういうことだ」

「そうか。わかった。私が話をつけてやろう。娘、ちょっと顔を貸せ」

「お手柔らかに」

シルは笑顔のクーニャを連れて宿屋の外へ。

やがて――

「ぬわぁぁぁぁ！」

悲鳴が聞こえた。

で、シルがあたふた戻ってきて俺の背に引っ込んだ。

それに遅れ、クーニャが悠々と戻ってくる。

「ケイン！　なんだあの猫！　妙どころか変態だぞ!?　私にペロペロする覚悟はあるのかとかなんとか言いだしたぞ！　おかしいぞ！」

「おかしくなどはありませんよ、すべては信仰心の促すままです」

「えぇー……」

まさかシルを打ち負かすとは。

いまさらながらとんでもねえ猫娘を招き入れてしまったことに気づく。

「あの、そろそろ話を始めてもいいかな？」

若干混沌《こんとん》とするなか、ヴィグ兄さんは困った表情を浮かべてそう言った。

「じゃあ改めて、僕はシルの兄のヴィグリードだ。いつも妹が世話になってるね」

ひとまず仕切り直しとなり、俺たちは食堂のテーブルを囲んで挨拶を交わす。

「下の妹と違って、シルは出不精だったんだ。でもケインくんと知り合ってからは進んで外出するようになったし――」

「兄上、兄上……！」

「ああ、うん、わかったわかった。えっと、色々とお土産も貰《もら》ってるから、そのお返しをと思ってね。ケインくんは何か欲しいものとかある？」

「欲しいものといったら金になるが、お土産はこれまでさんざん世話になったシルへのお礼だからな、気にしないでくれ」

「あー、それだと貰いすぎになっちゃうから。それにまたお願いしたいものとかもあるんだ」

確かに貰いっぱなしになるのも心苦しいものだし、頼みにくくもなるだろう。

「じゃあ次からは買ってもらうということで」

「んー、わかった。そうしようか。それで、これからの話が本題になるんだけど、ケインくんは前にシルから果実を貰って食べたよね？」

「ああ、えっとー、これだな」

と、俺が『猫袋』から取り出したのは、シルから「食べてみろ」と言われて貰った果実二つのうちの、残り一つだ。

見た目は金色のリンゴのような果実である。

すると次の瞬間――

「あぁぁぁぁぁぁぁぁぁぁぁぁぁぁぁぁぁぁぁぁぁぁッ!?」

絶叫したのはエレザ。

こんなに大声をあげる彼女を見るのは初めてだ。

あまりの大声であったため、屋台の準備をしていたアイルが何事かとすっ飛んでくる。

「どうした!?　――って、師匠、珍しいもん持ってんな。生命の果実じゃん」

そう、アイルが言う通り、この果実は『生命の果実』と呼ばれる。

また広くは『若返りの果実』とも知られる。

食べると肉体年齢が半分だけ若返るという代物で、俺はその効果を内緒にされたままシルに勧められて食べ、今の見た目ほどに若返ることになったのだ。

「ケ、ケ、ケイン様、そ、その果実を、わたくしめに譲ってはいただけませんか……！」

エレザがよろよろ近づいてきて、俺の前でひれ伏して乞う。

「なにとぞ、このわたくしめに、なにとぞ……！　用意できるものすべてを差し上げます。冒険者時代の蓄えのほか、実家の伯爵家を抵当にすればさらにお金を用意できます。ケイン様が働かずとも暮らせるだけの額となるはずです。足りないのであれば稼いでまいります。ですのでどうか、どうか……！」

「え、えっと……」

茶化すのが躊躇《ためら》われるほどの、ガチの懇願であった。

「そ、そんなに欲しいの？」

「はい！　欲しいのです！　それが、それがあればわたくしは……」

若返ることができる、と。

そんな必死のエレザを見て、アイルがぽつり。

「たいへんだなぁ、只人《ただびと》ってのは。すぐ歳《とし》くっち——」

「おい。そこのエルフ。口を閉じろ。さもなくばその耳むしり取って口にねじ込むぞ」

地獄の底から響いてくるようなエレザの声。

体じゅうにびりびりくる。

「ひうっ」

これにはアイルはたまらず口を噤《つぐ》み、ガクブル震えながら逃げるように奥へ引っ込んだ。

雉《きじ》も鳴かずばなんとやらだ。

でもってエレザは殺気を引っ込め、再び嘆願。

「ケイン様、どうかその若返りの果実をわたくしに……。お金のほかに差し上げられるものといったら、この身と、あと……あ！」

ふと何か思いついたのか、エレザは立ち上がってぽかんと様子を見守っていたノラを抱えてくると俺の前へ、そしてまたひれ伏す。

「あとはこれくらいしか……どうぞお納めください」

「お納めくださいって、アンタそれ世話を任されてる姫だぞ」

「……？」

ノラは御付きのメイドに売り飛ばされるという急展開に付いていけずきょとんとしていた。

が、急にキリッと表情をあらためて言う。

「おおさめください！」

「なんでや」

どうしてむしろ乗り気になるのか、それがわからん。

「足りませんか？　でしたら……」

と、エレザはさらに辺りを見回し、シセリアをロックオン。

「え？　私もですか？　おやつは増えます？」

シセリアもノラと大差ないのん気ぶり。

ポンコツのくせに妙な強《したた》かさがある奴だ。

「ええい、いらん、いらんから！」

「先生にいらないって言われた！」

ガビーンとショックを受けるノラ。

だが、その時だ。

「じゃあわたしがノラお姉ちゃんもらう！」

「もらわれた！」

突如としてディアが参戦し、ノラをかっ攫《さら》う。

「これでノラお姉ちゃんはわたしのお姉ちゃんだから！」

「私、お姉ちゃん！」

うん、また場がカオスになってきたねこれ。

そう思った俺の手を、いつの間にか近寄ってきていたラウくんがぎゅっと握った。

「……もらう」

「え？　あれ、俺も貰われたの!?」

「……ん！」

なんということだ、唖然《あぜん》としていたらラウくんに貰われてしまった。

俺はそのままラウくんに手を引かれ、食堂を離れて宿屋の裏庭へ。

そこにはどう宿屋を広げるべきか話し合うグラウとシディアの姿があった。

そんな無謀な試みを論じる二人にラウくんは言う。

「……もらった」

「貰われました」

二人は一瞬なんのことかわからず首を傾げたが、すぐに微笑んで言う。

「そうかそうか、よかったな」

「これからもよろしくね」

なんかすんなり受け入れられた。

なんという懐の広さであろうか、もはや畏怖《いふ》すら覚えるわ。

そんな報告後、食堂に戻るとエレザはまだひれ伏していた。

「なにとぞ、なにとぞ……」

「う、うーん……」

正直なところ、この果実は持っていただけで使う気はなかったので、あげてしまってもまったく惜しくはない。

若返りは一度きりではなく、何度も可能のようだがべつにやろうとは思わないのだ。

「シル、どうしよう？」

「どうしようもなにも、それはお前にやったものだ。お前が必要ないならば捨ててもらってもかまわんぞ。竜族にとっては特に必要なものというわけでも――」

「おやおや？　本当に？　シルには必要なん――」

「兄上は黙っていてください。ケイン、好きにしろ」

「好きにしろつったって……。ああわかったわかった、ほら、あげるから」

「ああ、ああ、ありがとうございます……！　お金はあとで――」

「いやいらんから。貰い物を売り飛ばすのはすっきりしない。これはただの贈り物……いや、お裾分け？　まあそういうことだから。ああ、ちゃんとノラの面倒は見ろよ？」

「はい、はい、ありがとうございます、ありがとうございます」

深く感謝しつつエレザは俺から果実を受け取り――

「がっ、がっ、もごっ、んぐっ、がっがっがっ……！」

猛然と喰《く》らい始めた。

これまでずっと取り澄ましていた眼鏡のメイドさんが、餓《う》えた獣の霊に憑依《ひょうい》でもされたような貪《むさぼ》りっぷりである。

やがてきれいに食べ終わったところで、ほわほわとエレザの体が光り始めた。

光は次第に強くなり、エレザを覆い尽くしたところで大きさが縮み、ぱっと光が消え去るとそこには小さく――いや、若返ったエレザの姿があった。

見た目はシセリアと同じくらいの年齢となり、これまで着ていたメイド服はぶかぶかに、眼鏡は鼻の先まで下がっている。

「これで……わたくしは……？」

「はい、ちゃんと若返ってるから」

姿見を用意して姿を確認できるようにしてやる。

エレザは若返った自分の姿をじっと眺め続け、やがて震える両手を頬《ほお》に当てると「ふふっ」と小さな笑い声をあげた。

そして――

「ふっ、ふひひ、ふへ、あはは、あはっ、あはははははははッ！　あーはっはっはっは！　あひゃひゃひゃひゃひゃひゃひゃッ！」

「こわっ」

思わず言ってしまったが、このけたたましく笑うエレザを見れば誰だって恐怖を覚えるだろう。

ラウくんなんか怯《おび》えて俺の後ろに隠れちゃったじゃないか。

せっかくエレザにも懐《なつ》いてきてたのに。

「あひひひっ、あひゃ、あへあはははははははッ！」

うーん、もしかして嬉しすぎておかしくなってしまったのかもしんないね。

こんな笑い、忌々《いまいま》しき戦隊をようやく皆殺しにできた悪の組織の首領《しゅりょう》くらいしかしねえぞ。

つかこれじゃあ話ができねえ。

「シセリア、悪いけどさ、エレザを部屋に連れてってくんね？　ついでにお話とかしてみたら？」

「嫌ですよ!?　恐すぎるでしょこんなの！」

「こんなのって……いやまあそうなんだけども、そこをなんとか。ほら、たくさんおやつもあげるから。歳も近いみたいだしさ」

「――――ッ！」

そう俺が言った瞬間、エレザがぴたりと笑うのをやめて真顔に。

でもってぐりんと首を動かしてシセリアを見る。

怖い。

「シセリアさん、貴方、確か十四歳でしたよね？」

「は、はいぃ……！」

震えあがるシセリア。

だがそこで、にこっとエレザが微笑む。

これまで見せたことのない、満面の笑みだ。

「ではわたくしと同い年ですね！」

「同いど!?　それっ……そ、そうですね！」

シセリアは何か言いたかったようだが、今のエレザに余計なことを言っては命の危険があると悟ったらしく日和《ひよ》った。

よし、畳みかけよう。

「そうだ、同い年なんだから部屋で語らうといい！　十四歳の少女はどうあるべきか！　ほら、ケーキあげるから！　たくさんあげるから！」

ケーキをいっぱい用意して、適当に創造した三段式の岡持ちに詰め込む。飲み物もおまけだ。

「まあ素晴らしい！　ありがとうございますケイン様！」

エレザは岡持ちを左手に、そして右手はがっちりシセリアの腕を掴《つか》んでひっぱる。

「ひ、ひぃ！　ひぃぃぃぃ……！」

連行されるシセリアの、喉の奥から絞り出されるうめき。

だがそれもやがては聞こえなくなる。

いやぁ、頼りになるなぁ、我が騎士は。

「ごめん、待たせた。じゃあ話を再開しようか」

「え、あ、うん、そうしようか。この宿、にぎやかだね」

「いつもはもうちょっと静かなんだけど……。それで、あの果実が用件と関係あるってことでいいんだよな」

「そうそう、実はね、あの果実の収穫を手伝ってもらえないかなってお願いに来たんだ」

＊＊＊

一般には秘匿されている、とある霊峰の頂《いただき》。

そこに生命の果実がなる霊樹が生えており、竜族が共同でこの管理を行っているらしい。

果実は半世紀ほどの間隔で実り、収穫することができるそうな。

ヴィグ兄さんの頼みはこの収穫を手伝ってくれないかという、農園のアルバイト的なもの――かに思われたが、どうやら霊樹の世話をする者たちがいて、収穫作業はその者たちがするようだ。

ならば俺にやってもらいたいことはというと、どうやらこの果実を狙って魔獣が押し寄せてくるらしく、その撃退を手伝ってもらいたいということだった。

しかし――

「竜族がいるなら俺べつにいらなくない？」

山のてっぺんは窪地《くぼち》になっており、その中心に霊樹があるため魔獣は全方位、それこそ空からもやってくるそうな。

とはいえ竜がチームを組んで守るなら、それくらい簡単に撃退できそうなものである。

「戦力は充分なんだけどね、思いっきり攻撃するわけにはいかないんだよ。なるべく荒れないように気を遣わないといけないんだ」

「畑を荒らす獣を全滅させるために、畑ごとぶっ飛ばしてしまったら意味ないと」

「そういうこと。そうなると討ち漏らしが出てね、それがやっかいなんだ。防衛線を抜けられた場合、霊樹のほうに向けて攻撃をしないといけなくなるだろ？」

「つまりは討ち漏らした魔獣を退治できる人員が欲しいと……。でもそれなら討ち漏らしが出ないほど竜を集めるとか、そういうことはやらないのか？」

「あはは、それが確実なんだろうけど、実はこの果実、竜にはそう必要のないものなんだよね。だから持ち回りの義務的な仕事で、わざわざ数を揃《そろ》えるというのは難しいんだよ」

「それ、そもそも守らなくてもいいんじゃない？」

「そう思うよね。でもそうもいかないのが面倒なところなんだ」

「んー？」

「えっと、どう説明したものかな。全部説明しようとすると長くなるから……要点だけにしよう。まず食べると若返る果実ってのはすごく価値があることはわかるよね、特に只人にとっては」

「まあ、それはな。さっきえらいもの見たし」

壊れたかのように歓喜する姿なんてそうそう見られるものではない。

なんならそんなもの見る機会などないほうがよい。

「うん。だからさ、果実が欲しくて欲しくてたまらない只人の集団が管理するより、べつにそう欲しくもない竜が霊樹を管理したほうがいいのはわかるよね？」

「わかる」

エレザみたいなのが集団で管理とか、いったいどうなることか。

想像できないし、したくもない。

「竜族は妙な混乱が起きないようにするための重しなのか」

「そういうこと。そして収穫した果実は、欲しくて欲しくて堪《たま》らない人たちに一部分配する。この人たちってのは、ケインくんみたいに強い人で、さらに世界の国々に影響力を持つ人たちだ。要は世界を裏側から操る人たちだね。その人たちは、世に無用な混乱が起きないよう監視することを条件に、この収穫作業に参加して果実を貰えることになっている。監視人とでも呼ぼうか」

なんかさらっとえらいこと言ってるな……。

だが聞いてみるとなんとなく納得もできる。

力を持つ存在が最終的に求めるものは寿命なのか。

「具体的な話をすると……そうだな、普段、霊樹の世話をするのは各地から来たエルフにやってもらってるんだけど、これはそもそもの寿命が長く果実を必要としない種族だからだ。このエルフたちの労働に対する対価は、竜族が認めた『霊樹の世話役』という立場で、これはエルフという種族を守っている」

「種族を守る？」

「うん。もしどこかの国か、領主か、組織なんかがエルフ狩りとか始めようものなら、竜族はその地域の監視人に管理責任を問うことになる。要は果実の分配がなくなるんだ。だから果実が欲しくてたまらない監視人は、必死になって問題が起こらないよう管理地域を監視するわけだね」

エルフ狩り……。

まだアイルしか会ったことのない俺からすると、どんな物好きだと思えてしまうが、エルフといったら容姿端麗なゆえに狙われるという話はよくあるもの。これまでそういった話をいっさい聞かなかったのはこの果実を巡るシステムが上手く働いている結果なのだろう。

「とまあそんなわけで、世の平穏を守るためにはある程度の収穫は必要で、ようやく今の形になって上手くいっているんだからここで投げ出すわけにもいかず、竜族は面倒ながらも持ち回りでお仕事をするわけなんだ」

「話はまあわかった。けど……やっぱり俺を誘う必要性がちょっとわからないな」

「だよねぇ」

いや、だよねぇって。

つかシルがずっと黙って俺をじ～っと見つめてくるのはなんでだ？

「ケインくんはずっと森暮らしこだわっていたようだけど、今はそうでもないでしょ？」

「ああ」

「ならさ、たまには珍しいものとか見に行くのもいいんじゃないかなって、そう思うんだよね」

あ……。なんとなくわかった。

これ防衛戦力とかそういうのは全部おまけで、一番の目的は俺を誘ってのお出かけだ。

森にいた頃、シルにちょいちょい誘われたんだよな、世界を見て回るのもいいぞとかなんとかで。

「な、なるほどな。……うん、たまにはいいかもしれないな」

「あっ、わかってくれた？」

お兄ちゃん、俺が察したとわかり急に声が嬉しそうになった。

「現場で役に立てるかどうかはわからないけど、それでもいいなら引き受けるよ」

「うんうん、来てくれるならそれでいいさ。じゃあよろしくね！」

「よろしく」

こうして話はまとまった。

お兄ちゃんに無理なお願いをしたであろうシルは、満足そうな顔でうんうん頷《うなず》いていた。

さて、こうして遠征が決まった俺だが、じゃあ少し留守にする、で話は終わってくれなかった。

「行きたいなー」

「行きたいですー」

ノラとディアが同行したいとおねだりを始めたからだ。

実態は観光であっても、なんか魔獣が攻めてくるわけだし、さすがに二人を連れていくわけにはいかない。

ところが――

「うん？　よいのではないか？」

シルが気安く許可してしまう。

竜族や監視人、それに世話役のエルフもそれなりに戦えるので、魔獣が押し寄せるものの危険は少ないらしい。なんなら自分が二人の護衛役を引き受けてもいいとシルは言う。

まあ俺とシルがいればそうそう危険な目になど遭わないかと考え許可したところ、ラウくんとペロが追加され、ならばとクーニャまで同行したがった。

「私はケイン様の活動を記録する使命があるのです。どうかご一緒させてください。余計なことはしないのでお願いします」

「ふーむ」

正直、連れていきたくない。

あるいは連れていって向こうに捨ててきたい。

だがそれでは猫どもの世話をする奴がいなくなる。

それは困る。

「お前を連れていくと、猫どもが宿屋を荒らすかもしれん」

「そこは言い聞かせますから大丈夫です。それに悪さをしたらおやつが貰えないともうわかっているので、心配はいりませんよ？」

「んー、まあ来たいなら来ればいいんじゃないか？」

「はい、ご一緒します」

こうしてクーニャが追加され、その後、屋台営業のために出発しようとしていたアイルがちょろっと顔を出して参加の旨を伝えてきた。

どうやら霊樹の世話をしているエルフの中に、アイルの里の者たちもいるようで、ちょっと顔を見せに行きたいという、わりと真っ当な理由だった。

こうして霊樹観光ツアーに出かけるのは、俺、ノラ、ディア、ラウくん、ペロ、クーニャ、アイルとなり、ノラが行くのであれば当然エレザも付いていくだろうし、シセリアは嫌がっても強制、つまりいつものメンバーにおまけのクーニャということになった。

ひとまず話がまとまったため、シルとヴィグ兄さんはさっそく明日出発することを確認して帰還。

ずいぶんあっさり帰ったなと思ったが、しばらく後でシルから電話がかかってきて、ちょっと弾んだ声であれこれと明日の話を始めた。

しかしそのうち『やっと外に目を向ける気になったか』とか『森にいる頃のお前は実に頑固だった』とか、過去エピソードをそのまま言語化して再生しているような状態になり、俺はそんなシルの話を無心で聞きつつ、なんとか膝の上に飛び乗ってくつろごうとする猫どもを撃退し続けた。

やがて長い長い長電話が終わった頃、三徹くらいした者が浮かべる死相を顔に張り付けたシセリアがふらつきながら現れ、エレザの生贄《いけにえ》にしたことに対する恨み言をめそめそと言い始めたので、さすがに悪いことをしたと思った俺はフルーツパフェを進呈して機嫌を取った。


そんなこんなで翌日。

俺たちは朝早くに自然公園へ向かうと、シルとヴィグ兄さんがやってくるのを待った。

やがてシルとヴィグ兄さんが竜の姿で空からやってくると、まずは俺たちがその背に乗るための装備を取りつけさせてもらう。さすがに座席なんか用意できないので、うっかり落っこちたりしないように体を固定するためのロープと座布団くらいのものだ。

さらに――

「はーい、みんなちゃんと厚着をしましょうねー。空の上は寒いみたいですから、気をつけないと風邪を引いちゃいますよ！」

きゃぴきゃぴとした様子でおちびーズの世話を焼くのはエレザリス（二十八歳）である。

いや、昨日、エレザリス（二十八歳）は死に、今ここにいるのは謎の美少女メイド、エレザ（十四歳）であると当人から念入りな説明があったので、その振る舞いがどれほど痛ましかろうと、年相応なのでまったく問題はないと認識をしなければならない。

こうして出発準備は進んだのだが、いざ出発となったとき、勝手に付いてきたニャンゴリアーズが『一緒に行くにゃ』『付いてくにゃ』とシルやヴィグ兄さんによじ登るため、これをみんなで阻止するという余計な作業が発生した。

しかし引っぺがしても引っぺがしてもあきらめない猫ども。

埒《らち》が明かないと判断した俺は、皿にたっぷりのち〇～るを用意して離れた場所に置き、猫どもが夢中でペロペロしているうちに出発するという強行策をとった。

この作戦は実に効果的であるものの、あまり取りたくはない手段だ。

こういうおやつで気を逸《そ》らずことを繰り返すと、猫は学習して何かしらちょっかいをかけるとおやつが貰えると覚えてしまう。つまり構ってもらいたいときに加え、小腹が減ったときにもちょっかいをかけてくるようになるので手間が増えるという結果になるのだ。

大した手間ではないだろうと思われるかもしれない。

だが考えてみてほしい。

日に三度の手間としても、一年で千九十五回、十年で一万回超えとなるのだ。

猫は無闇に甘やかしてはいけない。

甘やかすとますます懐いてたいへんなことになるのである。

＊＊＊

竜に乗っての空の旅は思ったよりも快適だった。

シルやヴィグ兄さんは俺たちを魔法で保護してくれているらしく、かなりの速度にもかかわらず影響はちょっと強い風が吹きつけてきて肌寒いくらいのもの。ノラやディアがすごいすごいとキャッキャする余裕はある。

朝方に出発した俺たちは、途中何度か地上に降りての休憩を挟みつつ進み、夕方近くになって目的の霊峰に辿り着いた。

霊峰は小ぶりな富士山とでも言えばいいだろうか、大地が盛り上がったような形の実に山らしい山であり、山頂付近まで林冠で覆われている。ただし山頂は平らな荒野となっており、中心部だけが草原、そして真ん中にはでっかい木——霊樹が生えていた。

霊樹は俺の想像よりは小ぶり。高さは百メートルくらいだろうか？　まあ枝の広がりがすごいので、確かにびっくりするほどの巨大さではある。

シルとヴィグ兄さんは山頂の上空でぐるっと一回りしたあと、草原にある小さな村落へと舞い降りた。

そして俺たちが竜の背からえっちらおっちら下りていたところ、これから晩餐《ばんさん》会にお出かけと言われても違和感のない身なりの良い美男美女が二十人ばかりわらわら集まってきた。

「おお、ヴィグ、遅いぞ。結構ぎりぎりじゃないか」

そう気安く声をかけたのは集まってきたうちの男性の一人。

なんとなく予想していたが、この集団はみんな竜なのだろう。

若者ばかりなのは……あれか、親に面倒事を押しつけられたか。地域の仕事を押しつけられるみたいな感じで。「あれ？　ぎりぎり？　もう少し後かと思ってたけど」

「収穫は明日か、明後日《あさって》かってところだ。で、シルちゃんはちょっとぶりだな。お土産に貰った酒は大事に飲んでるぜ。あとちょっとしかないが」

酒……もしかしてシルがお土産に大量に持って帰って、親にお裾分けに付き合わされたあれか？

「シルちゃんも撃退に参加してくれるのか？」

「いや、シルはどちらかといえば見学になるかな。友達と一緒に」

「うむ。討ち漏らしの退治くらいはするがな」

「ほう、友達か……」

と、ここで竜さんたちの注意が草原へと降りきった俺たちへ向けられる。

「紹介するよ。まず彼はケインくん。使徒だから変なちょっかいはかけないようにね」

「し……!?」

人化《じんか》したヴィグ兄さんの紹介に、竜さんたちはざわっと反応。

おかしい、どうも好意的ではない。

俺は無害な使徒なんですけどね、なんで引くんですかね。

「あとシルが贈ったお酒はすべて彼が用意したものだから」

「え……!?」

このヴィグ兄さんの言葉に、やや引き気味だった竜さんたちの反応が一転し、なんか好物でも見つけたような獣の目になった。

「なるほど……。ふっ、我が友たるヴィグの妹の友なら、我が友も同然だな！」

なんか師の師は師も同然、みたいなことを言いだした。

ほかの竜さんたちはもっと率直に「あのお酒、まだあるー？」とか「売ってくれないー？」とか好き勝手言い始め、ちょっと紹介どころではなくなってくる。

「もう、兄上は余計なことを！　これではずっと付きまとわれるではないですか！」

「いや、苦手意識を持たれるよりはいいかなと……」

でも予想より食いつきがすごかった、と。

「姐《ねえ》さん、姐さん、ここはオレに任せてくだせえ！　師匠！」

「へいへい」

アイルの考えはすぐにわかったので、俺はさっさと『猫袋』に入れてきた屋台を出す。なんでまた屋台なんぞ持ってきたかというと、故郷のエルフたちに立派になった姿を見てもらいたいとアイルにお願いされたからだ。

次にイスやテーブルも出し、作り置きしておいた大皿に山盛りのカラアゲ、それからキンキンに冷えたビールが注がれたジョッキをどんどん置いていくと、いったい何が始まったのかと唖然と見守っていた竜さんたちがふらふらと吸い寄せられるようにテーブルにつく。

なんというドラゴンホイホイであろうか。

まんまと誘《おび》き寄せられた竜さんたちは、まずビールをぐびびーっと飲み干し、これで完全にスイッチが入ったのか、あとはもう飲み食いして騒ぐだけの集団と化した。

なんか無駄に身なりが良いせいで結婚披露宴後の二次会みたいだ。

ヴィグ兄さんもしれっと交ざってるし……。

「あいよぉ！　カラアゲ揚げたてぇ！　シセリア、空いてるところに持っていってくれ！　クーニャはジョッキの回収頼む！」

「はふっはふぅ、ふわーい！」

「どうして私が給仕の真似事などを……」

突然の屋台営業となったものの、アイルは生き生きとしている。

駆り出されたシセリアはつまみ食いできるのでまんざらでもなさそうだが、クーニャはちょっと不満そうである。

この竜さんたちの酒盛り、珍しい光景ではあれど見ていて楽しいものでもないため、おちびーズはエレザに任せて霊樹の見学に行かせた。

そのためこの場には遠目に酒盛りを見守る俺と、酒盛りにちょっと交ざりたそうな顔をしているシルが残されている。

「シルも交ざってきていいぞ？」

「むぅ……。いや、今回はお前の案内係みたいなものだから」

「案内係ねぇ……。あ、そういやどういう流れで収穫するとかまだ聞いてないな」

「流れ？　ふむ、収穫どきが近づくと、果実は半日ほどとても良い香りを放つようになるのでな、これに誘き寄せられた魔獣を撃退するのだ」

「撃退しつつ隙《すき》を見て収穫って感じなのか？」

「いや、香りがしているうちはまだ収穫しては駄目なんだ。収穫は香りが収まってからになる」

「ああ、その香りがする半日を守り抜けって話か」

「うむ。実際にはそこまで長い時間ではないのだがな。香りが漂い始めて、それに誘われた魔獣がやってくるまでには猶予がある」

なるほどなー、とシルの話を聞く。

俺はさらに詳しく防衛戦のことを尋ねようとしたのだが――

「ケインさ～ん！　ちょっと来てくださいよー！　なんかアイルさんがエルフの人たちと揉めちゃってるんですー！」

つまみ食いに勤《いそ》しんでいたシセリアが助けを求めてきた。

ひとまず屋台へ向かったところ、そこには十人ほどのエルフが集まっており、さらに遠巻きに様子を窺《うかが》うエルフの集団があった。たぶんこのエルフたちが霊樹の世話係なのだろう。

そして屋台に集まったエルフたちのうち、一人が代表するようにアイルに絡んでいる。

だが当のアイルはというと、構わずカラアゲを揚げ続けていた。

「里を追い出されて少しは懲りたかと思えば、よりにもよってこの聖域で鳥料理の提供だと!?　お前はどれだけ金色の鷲《グロールソロン》の里を虚仮《こけ》にすれば気が済むのだ！」

「追い出されたわけじゃねえし。つかここの責任者だっつー竜たちは喜んでくれてるぜ？　屋台開いたら駄目なんて決まりがあるわけじゃないんだろ？　ったく、相変わらず親父《おやじ》は頭が固《かて》ぇな」

どうやらブチキレてるのはアイルの親父さんらしい。

これは……絡みにくいな。

むしろ俺は行かないほうがいいかもしれない、そう思ってこっそり逃げようとしたが――

「あ！　師匠！　紹介するぜ、このうるせえのがオレの親父な！　集まってんのが里の者で、離れて見てんのが各里の長老と他の里の連中だ！」

「お、おう……」

残念、アイルに見つかってしまった。

「師匠だと……？　貴様か！　うちの娘をますますおかしくした元凶は！　ただでさえ守護幻獣が

鳥の里で生まれ育ち、名前が鳥を愛する者《アイウェンディル》だというのに鳥が好物という異端だったのだぞ!? それがさらに鳥専門の料理人だと!? 我らを馬鹿にしているのか!?」

アイルの親父さんがめっちゃ食ってかかってくる。

屋台に集まっていたエルフたちも同意見なのか、俺に対して厳しい目つき。

どうしよう、反論したいけど事実その通りなので何も言えねえ。

「宣戦布告なら受けて立つぞ!? もしこれが我らを怒らせ、里から誘き出す企《たくら》みであったなら残念だな! その場合、貴様は我らだけでなく我らを保護する——」

「親父、師匠は使徒なんだから喧嘩《けんか》売るのやめてくれよ。下手するとエルフが滅ぶだろ」

「え?」

このアイルの言葉に、親父さんはアイルを見て、俺を見て、またアイルを見て、そして俺を見る。

「きさ——貴方は使徒なのですか?」

「まあ、使徒だな」

「……」

ついさっきまで元気ハツラツだった親父さんがしゅーんと項垂《うなだ》れ、集まっていたエルフたちも、すん、と大人しくなった。

突然のお通夜。

どうしたものかと思っていると、遠巻きに見ていた集団から年寄りエルフたちがしずしずとやってくる。

「あ、師匠、先頭にいるのがうちの長老爺《じい》ちゃんな、他は別の里の長老たちだ。っと、カラアゲ揚げたてぇ！　シセリア、頼む！」

「いや、お前この状況でもカラアゲ揚げ続けるのおかしくね……？」

アイルのモンスターメンタルに驚いているうちに、長老たちは俺の前まで来ると、静かに跪《ひざまず》いた。

「うちの者がたいへんな失礼を……」

「ここはどうか我らの首でお許しいただきたく……」

「エルフを滅ぼすのはどうかご勘弁願えませぬか……」

「首とかいらねえし！　えっ、なんなの、アイルといい、あんたらといい、エルフってお詫《わ》びで首をやり取りする種族なの!?」

もし俺が無礼を働いた場合、首を要求されるのだろうか？

怖い。

「おいアイル、なんとか……ってなにめっちゃ笑ってんの!?」

「ふひひっ、いや、長老爺ちゃんたちもオレとやること同じだったから、なんか面白くてさ！」

「真面目に首を差し出される俺は笑えんわ。とにかくどうにかしてくれ、俺は怒ってねえし、怒ってたとしてもエルフを滅ぼしたりしねえから！」

「しゃーねーなー」

と、ここでようやくアイルは作業を中断し、長老たちの誤解を解くべく説得を始めた。

誤解については、以前アイルが俺に真っ向から喧嘩を売ったものの許された話をしたことでなんとか解けた。

長老たちはアイルが自分の首で事を収めようと試みた話になぜか感心し、長老爺さんはなんかでっかい珠《たま》の付いた首飾りをアイルに贈り、そのあと発端となった親父さんに対しては「お前は頭が固い」と窘《たしな》めていた。

こうして誤解はどうにかなったが、それでも俺がいるとエルフたちは恐怖――いや、萎縮《いしゅく》してしまうようだったので、俺はシルと一緒に屋台を離れておチビたちのところへ行くことにした。

「……愚かなエルフたち……長《おさ》たちは己の首を差し出そうと……しかし慈悲深いケイン様は……」

そんな俺とシルの後ろには、捏造《ねつぞう》した事実をガリガリ記録するクーニャがいたりする。

そしておちびーズを探すことしばし。

ようやく見つけたおちびーズは、なにやら婆《ばあ》さんたちの集団に囲まれていた。

老いすぎて、もう個人としての特徴すら消えかけている婆さんたちは、おチビたちを可愛《かわい》いねぇ可愛いねぇと愛《め》でている。おそらくそれは本来であればほのぼのとした光景なのだろうが……なんか妖怪の集団が美味《おい》しそうな獲物を可愛がっているようにも見えて困る。

「あ、ケイン様、こちらの方々はヴィグリード様の説明にあったという監視人の方々です」

「あ……」

そのエレザの話を聞いたとき、俺の胸に去来したのは謎の納得であった。深く考えてはいけない。なぜ婆さんばかりなのか、なんて突っ込みなどもってのほか、ただありのままを受け入れるべきだという、そんな納得だ。

「おやおや、お前さんがシルちゃんのお友達かい」

「あのちっちゃかったシルちゃんがねぇ……」

「ふぇっふぇっふぇっ、儂《わし》らが歳をくうわけじゃて」

おい、この婆さんたち竜であるシルを孫扱いだぞ。

いったいどれほどの……って、ダメだ、考えてはいけない。

「さあシルちゃん、この婆《ばば》たちにお友達のことを聞かせてくれるかい？」

「順番にずいぶん焦《じ》らされたものの、こんな楽しみがあるなら話は別さね」

「いや、あの、私は案内をだな……」

こっちゃ来い、こっちゃ来い、と誘う妖怪――ではなく婆さんたちにシルも強くは出られず、俺に助けてほしそうな目を向けてくる。

だが……すまんなシル、それは無理な相談ってものだ。シルを孫扱いするような婆さんたちにどう立ち向かえというのか。もし巻き込まれて昔話でも始まろうものなら、俺は寿命を迎えるまで解放されることはないだろう。

こうして婆さんたちはシル、さらにはおちびーズとエレザを連れ去っていったが、どういうわけか一人の婆さんが俺のそばに残った。

「お前さんお前さん、知っておるかね、この霊樹がどうして存在するかという話を」

「い、いや、知らないな」

「そうかいそうかい、じゃあそう嫌な顔せんで聞くといい。この霊樹はのぉ、ニャザトース様がわざわざここに置いたものさね」

「ほう？　神さまがわざわざか」

「そうさね。ニャザトース様の待ち人が、いつかこの世界に生まれ落ちたとき、なるべく長く過ごしてもらえるようにとね」

「あの！　それはもしかしてニャザトース様を抱く女性の像の、あの女性ではないですか!?」

そういえば残っていたクーニャが、話に食いつく。

すると婆さんは深々と頷いた。

「その通りさね。そんな由来があるのでね、この地は同じ時を生きられない者たちにとって特別な場所でもあるのさ」

「へー」

「……おおう、清々《すがすが》しいほどにわかっとらん。こりゃシルちゃん頑張らんとのう……」

「うん？」

シルが何を頑張るのか——そう思った、その時だ。

「ケインさーん！　ケインさーん！」

またしてもシセリアの呼ぶ声が。

屋台で何かあったのかと思いつつ俺は目を向け、そして目を剥《む》く。

「なんか置いてきた猫ちゃんたちがいるんですけどー！」

「なんでいるの!?」

そこにはシセリアの後を追ってくるニャンゴリアーズの姿があった。

空間を渡るとは聞いたが……まったく、恐るべき猫どもである。

＊＊＊

山頂の村落に一泊しての翌朝。

目覚めはこれまでにない体験と共に訪れた。

甘く爽やかで瑞々《みずみず》しい果実の香りに誘われての目覚め――。

そう聞くととても清々しいものであるかのように思えるが、実際は脳が誤作動を起こし、今まさにその果実を食べているのだと錯覚して口をもごもごさせ、結果として『食べているはずなのに味がない、おかしい、なんだこれは!?』とびっくりして飛び起きることになった。

きっと居眠りしている鼻先におやつを近づけられて目覚める犬猫はこんな感じなのだろう。

香りは霊樹に実る生命の果実から発せられるもので、明け方あたりから漂い始めたらしい。

「あー！　いい匂いするー！　あー！」

「いい匂いー！　すごくいい匂いー！」

「んー！　んー！」

「あおあおーん！　あおーん！」

おちびーズは香りに脳をやられ、ちょっとした錯乱状態。

居ても立ってもいられず、村落を飛び出すと霊樹に向かって草原を駆ける。

しかし逸《はや》りすぎた気持ちに体が付いてこなかったのか、途中ですてーんとノラが転び、それに巻き込まれてディアやラウくんも転び、そこに追走していたペロやニャンゴリアーズが飛びかかってわちゃわちゃし始めた。

「これ香りにやべえ成分混じってんじゃねえの？」

転んだきり、ジタバタしながら「いい匂いー！」と叫ぶばかりになったおちびーズ。

見ていて心配になる。

「どうやら子供たちには刺激が強かったようだな。だがこの香りは体に悪いものではない。心配するな、いずれ落ち着く」

「ならいいが……」

シルに言われ、少しほっとする。

それと同時に、おちびーズがああなのだから、人よりも嗅覚に優れた獣が押し寄せてくるのもなるほどと納得できた。

「でも本当にいい香りですよねー。なんだか口の中に甘みを錯覚するほどですよ。ケインさん、果実ってどんな味だったんです？」

尋ねてくる食いしん坊。

俺が果実を食べた経験があることは、空の旅の休憩時にちょっと説明した。皆の反応が「ふーん」とか「へー」程度でしかなかったのがちょっと意外。やたら寿命の長い種族がいる世界だからだろうか。なぜかエレザだけはすごい目で俺を見つめ「食べた……ならば……」と呟いていたが。

「味か……。美味しいは美味しいが、正直この香りに見合うほどではなかったな……」

見た目はリンゴのようだが、味や食感は種のない硬い桃みたいな感じだったことを覚えている。

ちなみに種なしだ。

「エレザはどう感じた？」

「あー、すみません、食べるのに必死で、味はまったく覚えてないんです。……てへっ」

おどける二十――いや、十四歳。年相応だ。ギシギシと心が軋《きし》むのは錯覚だろう。

「まあこれですすさまじく美味しかったら……あ」

と、俺はふとした思いつきを言葉にしかけ、ハッとして口を噤む。

「どうした？」

「いや、大したことじゃないんだ。気にするな」

そうシルに答えつつ、俺は平静を装う。

危ない、うっかり『美味しかったら創造して食べたくなるかも』なんて口走りそうになった。もし実際に創造できてしまった場合、たとえそれが効果の劣化した代物であっても俺の立場は非常に危ういものとなることだろう。なにしろ量産できるからな。あの婆さんたちに知られようものなら、きっと悠々自適は光の速さで遠のいていくはずだ。

「ケイン様、ケイン様」

「うん？」

「ご存知でしょうか、わたくし、口の堅いメイドなんですよ」

「え」

「口の堅いメイドなんです」

「……う、うん、口の堅いメイドなんだな。わかった。いつかエレザにはちょっとした実験に付き合ってもらうことになるかもしれない」

「はい、その時が来ることを心待ちにしておりますっ」

にこっと微笑む笑顔が怖い。

これでもし創造した生命の果実に若返りの効果がなかったら俺の命が危ういかもしれん。

いざとなったらシルにおねだりしよう、そうしよう。


錯乱するおちびーズを落ち着かせるべく、俺はぐるぐる渦巻きのペロペロキャンディーを配った。

これにより、おちびーズはふんふん香りを嗅ぎながら一心不乱にペロペロキャンディーをペロペロするようになり、ひとまず落ち着きを取り戻す。ペロもペロペロキャンディー持ち係に任命したシセリアが持つペロペロキャンディーをペロペロ。ペロペロキャンディー持ち係を全うする条件としてペロペロキャンディーを要求したシセリアも自分のペロペロキャンディーをペロペロだ。

ニャンゴリアーズは勝手に来た罰として何も無し。

すると猫どもは『ふざけんな！』『おやつよこせ！』と俺によじ登っての抗議行動を始めた。だがこれで根負けしておやつを与えようものなら、奴らは圧力をかければ要求が通ると歪《いびつ》な学習をしてしまう。そこで俺は一計を案じ、これでも食らえとマタタビの小枝を放った。

愚かな猫どもはすぐさまこれに反応し、我先にと飛びかかると醜い奪い合いを始めた。

クーニャも交ざった。ちょっとした地獄がそこに生まれた。

「ふははは、争え、もっと争え」

そんな若干カオスな状況になっていたところ――

「ケインくーん」

ふわっと竜状態のヴィグ兄さんが舞い降りてくる。

「僕たちはそろそろ撃退の準備を始めるから。ケインくんたちは霊樹の根元あたりで見学するのがいいと思うよ。それじゃ」

そう言い残し、ヴィグ兄さんは飛び去る。

すでに村落にいた竜や婆さん、エルフたちは動きだしていた。

竜たちは竜化して散り、霊樹を囲むようにして荒野、またはその上空で待機。婆さんたちはより内側――荒野と草原の境界辺りに間隔をあけて陣取り、エルフたちはさらに内側、霊樹を中心にして方円陣を形成する。

俺たちはヴィグ兄さんに言われた通り、霊樹の根元に移動して待機することにした。

しばらくはのどかなものだった。

だがおちびーズに与えたペロペロキャンディーがペロペロされ尽くされる頃、遠くでドゴーンと爆発音があり、見れば土煙のほか魔獣らしき影がまとめて吹き飛ばされているのが見えた。

そしてこれを皮切りに、頂上のあちこちから同じような爆発音が響いてくるようになる。

「んー、よく見えないの」

やや不満げにノラが言う。

確かにここからでは、なんとなく魔獣が撃退されているとしかわからない。

そこで俺は物見の塔を作り上げ、双眼鏡を創造して皆に配った。

「これものすごく見える！」

「うわー、魔獣がいっぱ――あっ、まとめて飛ばされた！」

撃退の様子がはっきり見えるようになり、ノラとディアは大はしゃぎ。

ラウくんは静かだが、それでも目が離せなくなっているのはわかる。

「あっ、見たこともない走鳥《そうちょう》がいるじゃねえか。しまったな、余裕があれば仕留めてくれって頼んどきゃよかった……。いや、飛んでくる奴らは墜落するだろうし、それを貰えばいいか」

昨日、なんだかんだで竜たちと仲良くなったアイルの呟《つぶや》き。

相変わらずその方向性にブレはない。

しかしそんなのん気な面子《メンツ》がいる一方で──

「なんか見たこともないヤバい魔獣ばかりのような……」

怯えているのがシセリアだ。

「まあここもユーゼリアの森みたいなものだからな。魔獣もそれなりに強いものが多いぞ」

「ひえっ」

シルが親切に教えた結果、シセリアはますます怯えることに。

確かに襲われたらひとたまりもない魔獣がここ目指して押し寄せているのだから、それも致し方ないのだろう。

しかし──

「いざとなったら俺を守るべき騎士がこれでは困るな」

「いや、かろうじてのお世話係な私にそんな荷の重いことを求められても困りますよ。そもそもこんな私が、ケインさんをいったい何から守るっていうんですか」

「んー……世間体とか？」

「それこそ無茶ですよー」

我が騎士は失礼だ。

神殿騎士に任命されたのはその世間体が関わっていたというのに。

そんな俺の世間体を脅かす原因たるクーニャは素知らぬ様子で撃退の様子を見守っていたが、ふとシルに尋ねる。

「シルヴェール様、どうも見たところ、魔獣を蹴散らすばかりで殺してはいませんよね？　どうしてですか？」

「……」

「ケイン様、シルヴェール様が口を利いてくれないのですが……」

「シル、気持ちはわかるが、俺も気になるし教えてくれないか」

「むぅ……。まあつまりはだ、あの魔獣たちもある意味ここの守り手なのだ。余計な者が近づけないようにする、というな。殲滅《せんめつ》すれば手っとり早いが、あとでよけいな問題が起きかねん」

「そういうことか」

だがそうなると、魔獣どもがあきらめるなり気絶するなりしないことには、数は減るどころかどんどんと増えていくのではないか？

そんな思いつきは、すぐに現実のものとなった。

全方位から押し寄せる魔獣に対処するため、竜たちの攻撃頻度が急増し、なんだか急ぎすぎた花火大会みたいにボカーン、チュドーンと爆発音がひっきりなしに聞こえてくるようになった。

もはや土煙は晴れることがなく、山頂の平地はぐるっと土の壁でも生えてきたような有様《ありさま》である。

ここまでくると討ち漏らしの魔獣もちらほら出てきて、この対処を任された婆さんたちは正体を見破られた妖怪が発するような奇声をあげながら爆発を起こしたり竜巻を発生させたり、稲妻を放ったり氷山を降らせたりと天変地異もかくやという激しさでもって魔獣の草原侵入を阻んでいる。

しかしそれでも一匹二匹の小さな魔獣が包囲網を突破するため、最終防衛ラインを任された武装エルフたちが悲壮な雄叫《おたけ》びをあげて突撃していく。

どうも手加減する余裕はないようで、完全にぶっ殺す勢いでの戦闘だ。

雄の鹿みたいな角を生やした枝角兎《えだづのうさぎ》や、背中にぶっとい棘《とげ》を生やす槍大鼠《やりおおねずみ》との戦いは熾烈《しれつ》を極めている。

「おおすごい！　せんせー、私も冒険者になったらこんな感じの戦いに参加するのかな！」

「わたしもするー！　はやく魔法おぼえないと！」

「うん、この光景を見ても臆するどころか嬉しそうなのはすごいな。でも普通の冒険者がこんな戦いに身を投じることはないよ？　俺でもこの規模の戦いを見るのは初めてだよ？」

いつか大森林から魔獣が溢《あふ》れ出したらおチビたちにもそんな機会も生まれるかもしれないが……間違いなく俺も付き添わないとだな。

さすがに心配すぎる。


長きにわたり連綿と行われてきたんじゃないかなと思われる金ぴかリンゴ収穫祭（勝手に命名）は特にアクシデントに見舞われることもなく順調に続けられた。

やがて山頂に漂う香りがずいぶんと薄くなってくると、その香りに脳をやられていた魔獣も我に返るものが現れ始める。

魔獣とてバカではない。むしろ絶対に敵《かな》わない相手とみれば、すみやかに退く潔さがある。

何が悲しくて竜の集団に突撃しなければならないのか——そこまで考えているかどうかは定かではないが、すごすごと引き返していく魔獣たちは徐々に増えていき、ある一定の段階までくると潮が引くようにまとめてお帰りになった。

こうなるともう気を抜いてもいいのか、二、三度ほど瓦解《がかい》しそうになったエルフたちはへなへなとその場に座り込み、婆さんたちは足取りも軽く霊樹の根元へと集まってくる。

これであとは収穫をすれば終わりか。

そう思われた、その時だった。

「まずいぞ！」

竜族の誰かが叫んだ。

何事かと目を向けると、その竜がいる方角、ずっと向こうの空になにやら帯状の黒い靄《もや》が漂っているのが見えた。

「んなぁ！　あれは緑尽蝗《りょくじんいなご》かい!?」

「香りに誘われて……これは面倒なことになったね！」

婆さんたちがざわめき、それを聞いたエルフたちは「そんな……」と絶望の表情に。

どうやらよろしくない状況らしいが、俺には何がまずいのかわからない。

「なあシル、緑尽蝗って？」

「ときおり大発生して緑を食い尽くすイナゴだ。以前その発生と収穫の時期が重なって、たいへんなことになったらしい」

ふむ、まんま蝗害《こうがい》だな。

つまりあの空に浮かぶ黒い靄がその緑尽蝗の大群で、眼下に広がる緑なんぞガン無視で霊樹を目指しているわけか。

「やっかいなのはわかるが、どうしてこんな深刻そうなんだ？　みんなで攻撃すれば一網打尽にできるだろ」

「確かにそれでほとんどは駆除できる。問題は駆除しきれなかった奴らだ。なにしろ小さい、今はまとまっているからわかりやすいが、攻撃によって散ってしまうと捕捉が難しい」

あー、部屋のどこかに蚊がいるのはわかっているが、なかなか見つけられない、みたいな話になっちゃうのか。

「奴らは果実だけでなく、葉も食らう。前回はまだ認識が甘かったようで、何百匹かを討ち漏らし霊樹に取りつかれたようだ。葉が食い荒らされて霊樹が弱るわ、産卵されて増えるわ、たいへんだったらしい」

何百とかガバガバかよと一瞬思ってしまうが、考えてみれば蝗害って億規模だからな、千億とか二千億とか。そのうちの数百ならかなり頑張って駆除したんだろう。

よく茂った樹冠に紛れ込まれたら、見つけ出すのは至難の業だろうしな。

「なあシル、もしかしたらなんとかなるかもしれないんだけど、ちょっと試してみていいか？」

「なんとかなる？」

「ああ、まだ視界に収まっている今のうちなら」

「視界……ああ、あれか。あー、そうだな、試してもらうか」

俺が何をしようとしているか気づいたシルはちょっと嫌そうな顔をしたものの、やらせる価値はあると判断したのか、すぐに竜、婆さん、エルフたちを霊樹の根元に集合させると、間違ってもこれから俺の視界内に入らないようにと口酸っぱく言って聞かせた。

そこまで注意する必要はないのだが……まあいい。

準備が整ったので、俺は目頭をもみもみしてから迫り来る緑尽蝗の大群を注視。

でもって――

「『鑑定』」

いまだ不完全な魔法を発動する。

この魔法は異世界へ移住してきた俺が、それなりに魔法を使えるようになったところで実現を試みたものである。

いくら『適応』があるからといっても、未知の植物を口にするたびに上から下からフルバーストする生活はさすがに堪《こた》えたのだ。

そんな切実な想《おも》いから始まった『鑑定』は、確かに対象を鑑定しようとする魔法ではあったものの困った問題点があった。

鑑定対象に『鑑定に耐えうる強度』が求められるのである。

「あ、なんか光りだした！」

そうノラが指摘した通り、鑑定対象となった『緑尽蝗の大群』は遠目でもわかるほどの光を放ち始め、その光は徐々に強くなり、最終的にはビカビカッと眩《まばゆ》い閃光《せんこう》となる。

そして——。

空に浮かぶ黒い帯となっていた『緑尽蝗の大群』は、光の消滅とともに跡形もなく消え失《う》せた。

鑑定失敗、強度不足により鑑定対象は消滅。

一応、『イナゴの群れ』という中途半端な鑑定結果は得られたが、だからなんだという話である。

こうして緑尽蝗の脅威は去ったが、あまりにあっさり片付いたためだろうか、居合わせた者たちは喜びの声をあげるようなこともなく、ただ唖然とするばかりであった。

「なんじゃあのえげつない魔法は……」

婆さんの一人が呟く。

どうも誤解があるようだったので、俺はこの魔法が決して攻撃魔法ではなく、ただ対象の情報を強引に取得しようとした結果、不完全なため対象を消滅させてしまっただけであることを説明した。

「最初のうちは視界に入るものがなんでも対象になっちまって、目につくものをあらかた消し飛ばすような状態だったんだよな」

あれは本当に難儀した、と懐かしみながら語ったところ、集まっていた者たちが悲鳴をあげながら逃げ出した。

竜も婆さんもエルフも、あられもない悲鳴をあげて、蜘蛛《くも》の子を散らすように逃げていく。

うちの面々は逃げることはなかったものの、なるべくなら俺の視界に入らないようにとそれとなく死角へと移動しているし、おチビたちはその場にしゃがみ込んで両手で頭を抱えての防御態勢だ。

「えー、ひどくね？」

「無理もないだろ……」

そう言うのは、かつて俺に目潰《めつぶ》しを食らわせてきたシルである。

鑑定しちゃうぞー、とからかったところ、マジギレされたのだ。

それ以降、『鑑定』は使用を控えていたのだが、こうして役立つところを見せても不評どころか恐怖を与えてしまうことからして、どうも封印しておいたほうがよいようである。

切ない。


一目散に逃げ出した失礼な連中が恐る恐る戻り、いよいよ果実の収穫が始まった。

巨大な霊樹であるが、収穫できた数は百個ほどと、規模に対してごく少数であった。

「あひゃひゃひゃひゃ！」

「いーっひっひっひ！」

「うひょひょーひょー！」

報酬として果実を与えられた婆さんたちは、恐ろしげな笑い声を響かせながら踊りだす。

これが魔宴サバトというやつか……。

そしてひとしきり踊った婆さんたちは、今度は一心不乱に果実を貪り始め、食い終わったところでほわほわと発光し始めた。

……おや!?　ババアの様子が……！　おめでとう！　ババアはババアに進化した！

「って同じじゃねえか！」

嘘だろ!?　あの果実、食べると肉体年齢が半分になるんだぜ!?

なのに見た目がまったく変わらないとかどんなババアだ!?

予想を覆すあまりの事態に俺は叫ぶことになったが、これを聞いた古代《エンシェント》ババアたちは口々に言う。

「ぜんぜん違うじゃろうに！　この馬鹿もんが！」

「これだから男はのう、この違いもわからんとは！」

大顰蹙《ひんしゅく》だ。で、でも……見た目変わってないよ？

「もー、駄目ですよケイン様、ちゃんと見てください。肌なんて見違えるようじゃないですか」

「えっ」

エレザがなんか言いだしたが、同じだよ？　相も変わらずシワシワだよ？

愕然《がくぜん》とする俺などお構いなしに、エレザは婆さんたちの若返りようを褒め、婆さんたちはそうじゃろうそうじゃろうと満足げにしている。

マジかよ、これ婆さんたちのビフォー・アフター間違い探しで正解しないと出られない部屋とかあったら余裕で即身仏だぜ。

もしかして自分の目が腐ってるのかと、俺はすがるように竜さんたちに視線を向けた。

すると竜さんたちはそっと顔を逸らす。

次にエルフたちに視線を向けてみたが、こちらも『尋ねてくれるな』とばかりに顔を逸らした。

よかった……俺は一人じゃない、一人じゃないんだ。みんな一緒に即身仏だ。

「さて、ケインくんの活躍で、なんとか無事に済んだね。もうそろそろ日も暮れ始めるし、ここでもう一泊して、明日の朝に帰るってことでいいかな？」

あとは解散、という雰囲気のなか、ヴィグ兄さんが提案してくる。

今から帰るとなると到着は深夜、ここは一泊するのが妥当だろう。

そう思っていたところ、なんかニャンゴリアーズが集まってきた。

でもって宙の一点を見つめ、怪しい合唱を始める。

『のこのこのこのこのこのこ、おぁ～ん！　のこの……おぁ～ん！　よんにょんにょむぅー、おぁーうあぅおぅ、よんにょん、のこのこのこのこの……！』

繰り返される合唱。

いったいなんの儀式だと驚いていると、猫どもが見つめる宙に上下に長い楕円形《だえんけい》の光が生まれた。

そこで猫どもは合唱をやめ、みゃん、とひと鳴きしてからのこのこと光に入っていく。

「あの、ケイン様、付いてこいと言っているようですが……」

「付いてこいって……」

クーニャが通訳してくれたが、だからとこんな怪しげな光に飛び込む勇気は俺にはない。

ところが――

「私、一番！」

「あ、待って！　じゃあわたし二番ー！」

恐れを知らぬノラとディアが止める間もなく飛び込んでしまう。

まったく、あのおチビたちは、光の向こう側が猫の国とかだったらどうするんだ。

猫になっちゃうぞ⁉

さすがに俺も焦る。

しかし飛び込んだ二人は、すぐにこちらへ飛び出してきた。

「せんせー、すごいよ！　この向こうはディアちゃんちなの！」

「うちの庭です！」

「え？」

早く早くとノラとディアに手を引かれ、光へと引きずり込まれるとそこは森ねこ亭の裏庭で、使わない馬房の取り壊しをしていたとおぼしきグラウとシディアが唖然として立っていた。

そうか、置き去りにしてきた猫どもが霊峰に出現したのは、この手段を用いてのことだったのか。

そのあと残された面々も光のゲートをくぐって宿屋に戻り、さらには竜や婆さんたちまでやってきた。

結果、グラウが錯乱。

「ま、まさか……お客さんかい!?　やっぱり増築して百部屋くらいは……！」

「いや違うから、まずは落ち着こうか」

放ってもおけずなだめていると、光のゲートが消失。

竜や婆さんたちはこちら側に取り残されることになったが、特に焦るようなことはなかった。それどころかむしろ面白がっており、打ち上げはどうしようとのん気なことを言い始める。するとこれをアイルが安請け合い。宿屋では手狭だからと自然公園へ移動することになり、俺もそれに付き合わされることになった。

こうして夕方から始まった打ち上げは、どこからともなく湧いてきたドワーフなども交え、深夜遅くまで続くことになったのだった。

エピローグ

いつもの宿屋、いつもの食堂、そしていつもの面子《メンツ》。

相も変わらぬ一日が始まるかと思いきや、今朝は森ねこ亭に相応《ふさわ》しからぬものがシルによって持ち込まれた。

それは食堂のテーブルに大きな山となっている大量の金貨。

あまりの迫力に居合わせた者たちは目をぱちくりして口をぽかんと開けるばかり。以前、俺が奴隷商で築いた金貨の小山など問題にならぬ存在感である。

「預かってきた代金だ。皆、無くなったらまた頼むと言っていたぞ」

そう、この金貨は竜たちに提供した酒の代金なのだ。

自然公園で行われた『黄金リンゴ狩り』の打ち上げ後、帰り際に「酒くれー酒をくれー」と竜たちが何かの妖怪のようにせがむため、仕方なく後払いということで売ってやったのだが……。

「なあシル、これってユーゼリアの金貨じゃないよな？」

持ち込まれた金貨はユーゼリア王国で使われている金貨とはデザインが異なる。どっちが表か裏かわからないが、一方はくつろぐ猫、もう一方は猫の肉球という、何かのイベントで発行された記念硬貨のようなふざけ具合だ。これに気づいたノラとディアが「猫ちゃん金貨！」「猫ちゃん猫ちゃん！」とちょっとはしゃいでいる。

「これは神殿の金貨だ。どこでも使える」

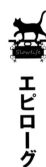

「はい、シルヴェール様の仰《おっしゃ》る通り、このニャザトース金貨は大神殿が責任を持って発行している金貨です」

シルの答えを受け、クーニャがより詳しい説明をする。

「世界中で使える、というのは言いすぎかもしれませんが、かなりの広域で使えることは間違いありませんよ。当然このユーゼリアでも通用する信用の高い金貨です。もし偽造などしようものなら猫の裁きが下りますからね」

なんだ猫の裁きって。

ごろごろしていると思ったら突然噛《か》みついてくるやつか？

「ふざけた見た目だが、ちゃんとした金貨ではあるのか。この山、ユーゼリアのユーズに換算するといくらくらいになる？」

「あー、それはちょっとわからんな」

「すみません、私もすぐには……。まずは数えるところから始めないといけませんし……」

そりゃそうか。

ちょっと換算基準にしようと、俺は売った酒の総額が元の世界でいくらになるか計算してみる。

まず適当なウイスキーが五リットルで一万円とする。

二百リットルの樽《たる》で四十万円。

竜たちは一人当たり二十樽くらい持っていったから八百万円。

これが二十人くらいだったからしめて一億六千万円なり。

……。

えらい金額だな！

さらにここに俺しか用意できない異世界産という希少性なんかが加わると、金額は倍とかじゃ済まないだろう。

あれ？　もしかしてこれ一攫千金《いっかくせんきん》を達成してしまったのか？

「おそらく、庶民なら子の代まで暮らせるくらいはありますよ」

「おー、ケインさん、お金持ちですね！」

エレザとシセリアが言う。

確かにお金持ちだ。

つい昨日まで無一文だったことを考えると特に。

しかし、これは……な。

「せんせー、この猫ちゃん金貨数えるー？」

「ん？　あー、そうだな、数えたほうがいいな」

「わかりました、じゃあわたしたちで数えますね！　ラウくんも一緒に数えよ？」

「ん！」

こうしておチビたちは数えやすいようにと、せっせと金貨を積んで塔を作り始めた。

しかし、それぞれ二つ、三つと金貨の塔を築いたところで恐るべきものどもが動きを見せる。

そう、猫どもだ。

猫どもはぴょんとテーブルに跳び乗ると、素知らぬ顔でちょいちょい、ちょいちょいと前足で金貨の塔をいじり始めた。

この猛攻に耐えきれず、金貨の塔はあえなくザララーと崩壊、当然おチビたちはプンスカ。

が、怒られようとも猫どもは屈しない。テーブルに跳び乗ったペロが威嚇しようとどこ吹く風。

再び塔が出来上がったところを見計い、またちょいちょいと塔をいじり崩壊させてしまう。

あーっ、と悲鳴をあげるおちびーズ。

猫どもが意地悪すると嘆くが、良くも悪くも奴らは悪気があってやっているのではない。

なんとなーく動かしてみたくなり、手を出しているだけなのだ。

頑張って金貨の塔を立てるおチビたち、それを嘲笑《あざわら》うかのように崩壊せしめる猫ども。

この世界の神が猫であることから、その様子はまるでバベルの塔の崩壊を思わせるのだが、俺としては賽《さい》の河原のほうがしっくりくる。

親より先に死んでしまった子らが三途《さんず》の川で石積みをするというあれだ。

石積みで立派な仏塔を作れば成仏できるのだが、暇なのかなんなのか、獄卒の鬼どもはケチをつけてその塔をぶっ壊す。いつまでも成仏できず、泣きながら石を積む幼子たち。

せめて獄卒がニャンゴリアーズのような猫であれば「このいたずら猫め！」と腹を立てるだけで済むものを。場合によってはつらい石積みも、猫と一緒なら楽しく続けられるかもしれず、これならお地蔵さんだってにっこりだ。

「ケイン、どうしたぼうっとして。この代金では不満か？」

賽の河原に思いを馳《は》せていたところ、ふとシルに尋ねられる。

「いや、不満ってわけじゃないんだが……なんというか、自分の金のような気がしなくてな」

「うーん？」

「えっとな――」

と、俺は今抱いている気持ちをシルに説明する。

大金を得たことは嬉《うれ》しい。これは確かだ。だが、適当に用意した酒の代金というのが、なんか釈然としない。

この金があれこれ悩み、頭を使い、見事何かを成し遂げて得たものであれば、俺は大喜びしていたのだろう。しかしこの金にはそういった『ドラマ』が存在しないため、なんというか『つまらない』のだ。

きっとこの金でもって悠々自適な生活を始めたとしても、俺はすっきりしない気持ちを引きずることになる。それは果たして悠々自適を満喫していると言えるのだろうか？　またこの金を元手に何か上手《うま》いことやって増やしたとしても、元手が納得のいく金ではないのだからやっぱり心に痼《しこ》りが残ってしまう。

つまるところ、この酒の代金は俺にとって『どう扱ったらいいのかわからない金』なのだ。これが金貨一枚とかであれば、皆に何か奢《おご》ってやって使い切ってしまえばいいのだが……。

「お前……森から出ても面倒くさい奴だな……」

「えぇぇ……」

丁寧に説明してやったというのに、なんて奴だ。

「なあ師匠、じゃあさ、オレに投資してくれよ。この宿の近くに店構えるからさ！」

「今の屋台でてんてこまいになってる奴が無茶言うな……！」

「ケイン様！　では神殿を！　神殿を建てましょう！」

「もうこの都市には立派なのがあんだろが……！」

まったく、とアイルやクーニャにあきれつつも、使い切るとなったらそれくらいの規模で何かしないといけないだろう。

いっそこれまでの宿代がわりにこの森ねこ亭を増築……いや、やめたほうがいいな。グラウは増築したがっているけど、それで宿屋が繁盛するかはわからない。

あ、でもシルが泊まる部屋くらい増やしてもいいか？

そう考えた――その時だ。

「――ッ!?」

稲妻のごとき閃《ひらめ》きが……！

「そうだ！　家を建てよう！」

「んお!?　お、おお、そうか、いいんじゃないか？　お前は森でも家にこだわっていたから――」

「えー！　ケインさん、家って、もしかしてうちから出ていっちゃうんですかー!?」

大声をあげたのはディアで、これにびっくりした猫どもは逃げる拍子にすべての塔を崩壊させていった。

「で、出ていかないでほしいです！　もしかして何か気に入らないところがあるんですか!?　がんばってなおすんで言ってください！」

「……いって、いって」

「がるるる！」

ディアは大慌て、もう猫金貨を数えるどころではなく、ラウくんは目をうるうる。ペロに至ってはテーブルから飛び降りると俺の元に駆け寄り、ズボンの裾に食らいつく始末だ。

「いやいや、待て待て、落ち着け。誰もこの宿屋を出ていくなんて話はしていないから」

「で、でもケインさん、家を建てるって……」

「……るって」

「がるる！　がるるるるるる！」

「家を建てるとはいっても――ってペロはなんでこんなにキレてんの？　ほら、燻製肉《くんせい》あげるから機嫌を直せ。もう裾がしっちゃかめっちゃかじゃねえか」

「がるる……る」

燻製肉を与えたことで、ひとまずペロは落ち着く。

それでもまだ機嫌は直っていないようだが。

「家は建てる。でもそれは俺じゃなくてシルの家だ」

「……は？」

俺の発言に、静観していたシルが呆気《あっけ》にとられる。

そして――

「お、おおお、おまっ、家って、それがどういう――って知るわけがないな……」

急に慌てだしたと思ったら、すぐに落ち着いた。

「どうした？」

「待て。ちょっと落ち着かせろ」

シルはすーはーと深呼吸。

でもって改めて俺に言う。

「さて、ではどうして私の家を建てようと思ったのだ？」

「え、だって家があれば日帰りしなくても済むだろ？　それにお前、俺の家に遊びに来たとき、ここはのんびりできるとか言っていたし、なら別荘があれば嬉しいかなって」

「それは……言った、かな？　いや、だが実感のない金だとしても、それはお前の金だぞ？　それも結構な金額だ。それで私の家を建ててどうする」

「世話になったお返しだから」

「お返しってな、まぎら――大げさすぎるだろ」

「それだけありがたかったと思ってくれ。なにしろ、何も無い状態だったからな。まあ降って湧いたような金でのお返しってのがちょっと申し訳ないところだが……。どうだろう、思いついたばかりで用意するにしても時間がかかると思うけど……受け取ってもらえないか？」

いらないいならまた何か考えないといけない。

しかし名案だとは思うので、ここは受け取ってもらいたいところ。

それからシルはうんうん唸《うな》り始め、何をそこまで悩むのか百面相を披露し、最終的には両手で顔を隠しての『いないいないばあ』の『いないいない』状態のまま、か細い声で答えた。

「う、受け取るぅ……」

「よし、では決まりだな」

こうして森ねこ亭の隣に、竜のお家《うち》を作ることが決定。

どうもシルは遠慮があるようで、諸手を挙げて大喜び、といった雰囲気ではないが、少なくとも迷惑に思っているわけではないようだ。

そこまで長い付き合いというわけではないが、そのくらいのことはわかるのだ。

あと、なんだかんだ家ができあがれば、大はしゃぎして喜ぶんじゃないかな、ということも。

であれば、だ。

なるべく立派な家を建ててやらねばなるまい。

さすがにお城のような家は無理だろうが、そこそこ立派で、あと居心地の良い家を。

そしたらあれだ。

森に住んでいる頃、シルがちょくちょく遊びに来ていたように、今度は俺がお邪魔するというのもいいだろう。

特別な用があるわけでもなく、暇だからとなんとなく居座ってだらだらと過ごす。

きっとそれはちょっとした悠々自適な時間。

俺が目指す日々のすべてが悠々自適という生活に比べればずいぶんとささやかなものではあるが
……まあ、あれだ。

そんなささやかな時間であっても、いくつも積み重ねていけば、いつかは生活のすべてが悠々自適で満たされるのかもしれないのだ。

くたばれスローライフ！ 2

2023年10月25日　初版第一刷発行

著者　古柴
発行者　山下直久
発行　株式会社KADOKAWA
〒102-8177　東京都千代田区富士見2-13-3
0570-002-301（ナビダイヤル）
印刷・製本　株式会社広済堂ネクスト
ISBN 978-4-04-682762-3 C0093

企画　株式会社フロンティアワークス
担当編集　小寺盛巳／福島瑠衣子（株式会社フロンティアワークス）
ブックデザイン　株式会社 TRAP（岡 洋介）
デザインフォーマット　AFTERGLOW
イラスト　かねこしんや

本シリーズは「小説家になろう」（https://syosetu.com/）初出の作品を加筆の上書籍化したものです。

この作品はフィクションです。実在の人物・団体・事件・地名・名称等とは一切関係ありません。

名代辻そば
NADAI TSUJI SOBA
異世界店
西村西
Nishimura Sei
イラスト：TAPI岡
tapioca
一杯のソバが人々の
心の拠り所となる
旧王都アルベイルには、景観に馴染まぬ不思議な食堂がある。
そんな城壁の一角に突然現れたツジソバは、
瞬く間に旧王都で一番の食堂となった。
驚くほど安くて美味いソバの数々、酒場よりも上等で美味い酒、
そして王宮の料理すらも凌駕するカレーライス。
転生者ユキトが営む名代辻そば異世界店は、今宵も訪れた人々を魅了していく――
MFブックス 新シリーズ発売中!!

赤ん坊の異世界ハイハイ奮闘録
そえだ 信
イラスト：フェルネモ
不作による飢餓、害獣の大繁殖。
大ピンチの領地を救うのは、赤ちゃん!?
体力担当の兄・ウォルフと、頭脳担当の赤ん坊・ルートルフ。
次々と襲い来る領地のピンチに、
男爵家の兄弟コンビが立ち上がる!!
がんばる2人を応援したくなる、領地立て直しストーリー!!

カリグラファーの美文字異世界生活
L'histoire d'Isgloriest
〜コレクションと文字魔法で日常生活無双？〜
【著】磯風
【イラスト】戸部淑
STORY
突然、異世界に転移した拓斗。神様もいないし、どうしたら……と思ったら、彼は自身の『コレクション』とカリグラフィーの【文字魔法】に気がついた！ 普通に暮らしてるつもりが全然普通じゃない異世界生活物語。
カリグラフィーを駆使した【文字魔法】で美味しいものや物作りをするぞ！
MFブックス新シリーズ発売中!!

好評発売中!!

毎月25日発売

盾の勇者の成り上がり ①〜㉒
著：アネコユサギ／イラスト：弥南せいら
極上の異世界リベンジファンタジー！

槍の勇者のやり直し ①〜④
著：アネコユサギ／イラスト：弥南せいら
『盾の勇者の成り上がり』待望のスピンオフ、ついにスタート!!

フェアリーテイル・クロニクル 〜空気読まない異世界ライフ〜 ①〜⑳
著：埴輪星人／イラスト：ｒｉｃｃｉ
ヘタレ男と美少女が綴るモノづくり系異世界ファンタジー！

春菜ちゃん、がんばる？ フェアリーテイル・クロニクル ①〜⑩
著：埴輪星人／イラスト：ｒｉｃｃｉ
日本と異世界で春菜ちゃん、がんばる？

無職転生 〜異世界行ったら本気だす〜 ①〜㉖
著：理不尽な孫の手／イラスト：シロタカ
アニメ化!! 究極の大河転生ファンタジー！

無職転生 〜異世界行ったら本気だす〜 スペシャルブック
著：理不尽な孫の手／イラスト：シロタカ
本編完結記念！ 豪華コンテンツを収録したファン必読の一冊!!

無職転生 〜蛇足編〜 ①
著：理不尽な孫の手／イラスト：シロタカ
無職転生、番外編。激闘のその後の物語。

八男って、それはないでしょう！ ①〜㉘
著：Y・A／イラスト：藤ちょこ
富と地位、苦難と女難の物語

八男って、それはないでしょう！ みそっかす ①
著：Y・A／イラスト：藤ちょこ
ヴェルと愉快な仲間たちの黎明期を全編書き下ろしでお届け！

異世界薬局 ①〜⑨
著：高山理図／イラスト：keepout
異世界チート×現代薬学。人助けファンタジー、本日開業！

魔導具師ダリヤはうつむかない 〜今日から自由な職人ライフ〜 ①〜⑧
著：甘岸久弥／イラスト：景
魔法のあふれる異世界で、自由気ままなものづくりスタート！

服飾師ルチアはあきらめない 〜今日から始める幸服計画〜 ①〜②
著：甘岸久弥／イラスト：雨壱絵穹／キャラクター原案：景
いつか王都を素敵な服で埋め尽くす、幸服計画スタート！

アラフォー賢者の異世界生活日記 ①〜⑱
著：寿安清／イラスト：ジョンディー
40歳おっさん、ゲームの能力を引き継いで異世界に転生す！

アラフォー賢者の異世界生活日記 ZERO ーソード・アンド・ソーサリス・ワールドー ①
著：寿安清／イラスト：ジョンディー
アラフォーおっさん、VRRPG《ソード・アンド・ソーサリス》で大冒険！

ほのぼの異世界転生デイズ 〜レベルカンスト、アイテム持ち越し！ 私は最強幼女です〜 ①〜③
著：しっぽタヌキ／イラスト：わたあめ
転生した最強幼女に、すべておまかせあれ！